LA FILIÈRE DES ENFANTS

Jean-François Elberg

LA FILIÈRE DES ENFANTS

ÉDITIONS FRANCE LOISIRS

Édition du Club France Loisirs,
avec l'autorisation des Éditions Lattès

Éditions France Loisirs,
123, boulevard de Grenelle, Paris
www.franceloisirs.com

ISBN : 2-7441-9565-0

À la mémoire du docteur Michel Elberg,
À la mémoire d'Annie,
Pour Sophie Soleil, Pierre et François.

« L'esprit est plus fort que le glaive. »

1

Il est beau.

De cette beauté qui devient lumineuse lorsque l'intelligence lui fait escorte. Élégance naturelle, sans artifices. De la classe en toutes circonstances. Une façon de se mouvoir, une légère retenue dans les gestes. Quelque chose d'aristocratique, encore que ce mot l'eût sans doute beaucoup amusé. On parlait de charme, on avait raison.

Il s'appelle Michel Elberg.

Les fées qui se sont penchées sur son berceau n'ont sans doute pas été insensibles à ce je-ne-sais-quoi, ce petit plus qui fait l'être d'exception.

Car après tout, même en Roumanie, il doit exister des fées, non ?

Dans ce cas, où sont-elles? dans quelles sombres prisons des Carpates ou de Transylvanie tandis qu'en cet automne 1923, deux jeunes gens passent la frontière en fuyant les pogromes? Michel et son cousin Nathan pensent que l'enfer peut attendre, que la vie est une promesse qu'il faut savoir tenir...

À Cetatea Alba, leur ville natale, l'arbitraire tient lieu de norme et la violence antisémite se déploie avec un naturel égal à celui des bonnes manières dans les salons feutrés du Jockey-Club.

Le roi Ferdinand Ier a épousé Marie, princesse de Grande-Bretagne et d'Irlande. Prusse d'un côté, Angleterre de l'autre. Des sommets de la civilisation et pourtant le couple royal ne semble pas le moins du monde troublé par les attaques perpétrées contre la communauté juive confinée dans des ghettos. Lors des rafles, les policiers perquisitionnent avec une rare violence. Pas seulement verbale bien que les mots « youpins », « youpines » leur soient naturels. La force de l'habitude, sans doute.

Après les policiers bottés qui jouent de la matraque avec dextérité, les pauvres maisons dévastées, sens dessus dessous, sont livrées aux pillages et aux violences de la populace. Après les loups, les chacals. Après les fauves, les petits prédateurs. On cogne et on viole en toute impunité. Ce n'est pas le moindre paradoxe chez ces brutes qui parlent de race maudite, de lèpre... On pourrait s'attendre à ce qu'ils ne s'en approchent pas. Le dégoût devrait les paralyser. Mais voilà : elles sont jolies, ces juives qu'ils forcent devant les pères, les maris, les fils aux poings serrés.

Les maisons dévastées, l'amour blessé et humilié, les familles en sang, les pauvres affaires volées, les courses effrénées dans les petites rues et les courettes du ghetto : Michel ne veut plus de cela ! La vie, c'est forcément autre chose. Il lit, s'intéresse à tout, et particulièrement à la France, symbole de liberté avec les grandes dates qui jalonnent son histoire : Déclaration des droits de l'homme, abolition de l'esclavage, Révolution et mise à bas des tyrans, victoire des dreyfusards, sans oublier la Commune de Paris qui fait rêver Lénine et ceux qui, à l'est, construisent un monde qu'ils espèrent nouveau.

Mais la France, pour Michel, c'est le modèle original, le creuset, la matrice : pas question d'aller voir ailleurs. Ce sera là ou nulle part.

Les persécuteurs de la communauté juive de Roumanie ne se contentent pas des pogromes. Ils inventent autre chose encore qu'ils pensent une arme imparable contre ces juifs qui lisent trop de livres : le numerus clausus. Un véritable barrage : seul un pourcentage dérisoire de juifs sont admis à faire des études.

Ce faisant, les tourmenteurs démontrent une fois encore leur rare bêtise car si la lutte est âpre, ceux qui réussissent à passer le barrage sont, bien entendu, des sujets d'exception. Au lieu d'annexer abusivement Nietzsche, ils auraient dû le lire : *« Ce qui ne me tue pas me rend fort. »* Ou ce discutable Darwin, dont ils font tant de cas, et qui professe qu'en des circonstances extrêmes, seuls les plus forts survivent. Avec leur système éducatif injuste et rétrograde, les brutes bottées créent une véritable élite, des sujets brillants qui obtiennent tous les prix, toutes les premières places, tous les lauriers, renforçant ainsi une haine implacable et une jalousie féroce.

Michel Elberg et Nathan sont parmi ceux qui réussissent, et avec quel brio !... Ils sont choisis par la communauté pour aller tenter ailleurs de mettre en valeur leurs qualités exceptionnelles.

Vers l'ouest, comme les pionniers américains du XIXe siècle. L'Ouest, mais surtout la France pour ces Roumains et pour tous les persécutés d'Europe centrale et orientale.

France, terre de liberté, certes, mais terre meurtrie, exsangue. Quelques années plus tôt, entre 1914 et 1918, elle a perdu 900 jeunes soldats par jour pendant quatre ans!... Bataille de Charleroi : 27 000 morts en une journée. Avril 1916, offensive désastreuse du Chemin des Dames : 270 000 Français morts, blessés ou disparus en un mois!... On n'avait encore jamais vu de tels carnages dans l'Histoire. Comment, par quelle aberration, quelle folie, un pays où manque tant d'hommes n'accueillerait-il pas à bras ouverts deux jeunes gens par ailleurs brillants, travailleurs, obstinés et très désireux de s'intégrer, de se fondre dans le pays aimé et choisi, choisi parce qu'aimé ?

Ils partent enfin. Larmes, émotion, sourires, embrassades, vœux, recommandations, petits billets glissés dans les poches au dernier instant, « pour la route ». On s'étreint. On se quitte, mélange d'espoir et de désarroi. Pour ceux qui restent au prix d'un sacrifice sublime demeure la certitude bien ancrée que ceux qui partent connaîtront enfin le bonheur de vivre « une vraie vie ».

Mais... quand se reverra-t-on ?

Adieu la Roumanie... Adieu les bruits de bottes...

On quitte un monde médiéval et c'est dans une voiture à cheval brinquebalante qu'on se rend à la ville voisine pour prendre un tortillard jusqu'à Bucarest.

2

Tout finit par arriver...

Au terme d'un interminable et épuisant voyage, Michel et Nathan descendent du train à Lille. Un matin brumeux et froid, un vent glacé qui déferle depuis les plaines du Nord mais qu'importe ! C'est dans un état cotonneux qu'ils posent le pied sur le quai : la France, enfin, et les Français ! Ils demandent leur route. Un cheminot, musette à l'épaule, relève du pouce la visière de sa casquette : il explique une adresse qui paraît compliquée, un itinéraire sinueux. Il prend conscience qu'il parle trop vite, que ces noms de rues sont nouveaux pour ses interlocuteurs. Alors, changeant de méthode, il sort *Le Populaire* qui dépasse à demi de la poche de sa veste de cuir et dessine un plan sur la page des sports. Il adresse un regard triste mais fugitif aux jeunes gens, songeant peut-être que du « sport », pendant quatre ans, lui et ses compagnons, ils en ont pratiqué jusqu'à plus soif, jusqu'au dégoût.

Michel et Nathan saisissent la feuille arrachée au journal de la S.F.I.O. et remercient avec effusion. Le pauvre diable, surpris par tant de chaleur, ne se doute certainement pas qu'il est « leur premier Français ».

Après une errance due à la curiosité, après avoir échappé à un tramway et à un camion chargé de fûts de bière, ils arrivent enfin chez leurs lointains cousins.

L'accueil se transforme vite en fête. Cela peut sembler excessif. Au fond, ils se connaissent à peine et se sont juste croisés quinze ans plus tôt, encore enfants, lors d'un enterrement à Kladovo, près des Portes de Fer, au bord du Danube. Mais un des effets de l'oppression est justement de développer l'affectif dans la sphère familiale, même très élargie. Tout est vu à la hausse, surévalué. Dans ces circonstances, un vague cousin devient un frère, un oncle un père.

Arriver de Roumanie, c'est presque un exploit. « Ils sont passés ! » « Passés », c'est partir du Moyen

Âge et arriver directement aux Temps modernes ou peu s'en faut. « Passés », malgré toutes les embûches installées devant votre berceau, et celles qui se présentent tous les jours de votre vie. C'est bien difficile à expliquer.

On ne fait pas l'apprentissage de la liberté, on découvre simplement, ou pas, qu'on en a – enfin ! – l'usage. Aller où bon vous semble, sortir quand l'envie vous en prend, ne pas être confiné dans « une zone », un quartier, un ghetto. Ne pas être arrêté à des barrages volants. Ne pas présenter sans cesse ses papiers, se justifier, demander des autorisations. Ne pas être frappé et insulté par la première brute en uniforme dont vous croisez le chemin...

Michel s'inscrit à la faculté de médecine tout en travaillant comme vendeur dans la boutique de drapier des cousins. Le drap, le Nord, les tisserands : il se précipite à la bibliothèque pour tout savoir sur la question. Toujours le respect de la méthode, l'esprit analytique ; il est ainsi, on ne le changera plus.

Il excelle dans ses études, mais fait également des étincelles dans le commerce du drap. Sur ses rares jours de congé, il prend sur lui d'aller visiter le cousin Moïse Finkelstein, installé en

Hollande. Lui aussi est dans le commerce du drap mais il a su donner une tout autre ampleur à ses affaires. Michel en rapporte un savoir-faire nouveau et d'autres méthodes qui profitent aux cousins de Lille. Pour Michel, on n'en achève jamais de rendre au centuple un bienfait. Là-dessus aussi il ne changera pas.

Il ne reverra jamais le cousin de Hollande, Moïse Finkelstein, ni sa femme, ni leurs adorables et nombreux enfants. Comme les cousins de Lille, province du Nord administrativement rattachée au Reich, ils disparaîtront lors du déclenchement du « programme » codé « *Nacht und Nebel* », « Nuit et Brouillard » : le génocide, les crimes dilués et sans traces, perdus dans la nuit et le brouillard ainsi que le souhaitaient les dirigeants nazis.

Michel s'acclimate rapidement au Nord. *Acclimaté,* le mot sonne vraiment juste. L'hiver, à Lille, est souvent glacé, surtout en raison du vent qui semble déferler directement du cap Nord via la Norvège. Alors il pense au printemps, souvent très doux, aux étés parfois lourds, aux robes légères des femmes qui mettent des notes claires et joyeuses aux terrasses des brasseries lilloises tandis que leurs compagnons ôtent parfois leurs casquettes, leurs chapeaux mous ou leurs canotiers en paille d'Italie pour s'éponger le front.

Les cousins lui versent à présent un salaire régulier. Michel dégotte une petite chambre sous les combles d'un bel immeuble du centre ville. Heureux de ne plus gêner l'intimité de l'un ou l'autre cousin et de leur famille, heureux d'acquérir du même coup son indépendance. Parfois, à l'approche des examens, on le voit peu à la boutique où ses traits tirés, ses yeux cernés, provoquent chez les cousins et leurs épouses des exclamations horrifiées. À quoi bon devenir médecin si c'est pour détruire sa santé ? On le renvoie de force. Les ordres pleuvent : « Va dormir ! Veux-tu manger avant, tu es si maigre ! Repose-toi ! Je ne veux pas te voir à la boutique ! » Enfin, dernier et mauvais – mais bien tendre – argument : « Avec ta tête de déterré, tu vas faire fuir les clients ! » Et d'ajouter à mi-voix : « Un si beau garçon, se mettre dans un état pareil !... Il ne l'aura pas volé, son diplôme ! »

Bien entendu, là ou pas là, le salaire mensuel ne faiblit pas. Les cousins sont fiers même si la pudeur empêche toute démonstration : médecin, médecin français, c'est quelque chose, ça !

Michel profite de ses petites économies pour de courtes mais fréquentes escapades à Paris. Paris, c'est... c'est tellement différent...

Certes, il conservera toujours une sorte de tendresse pour Lille, la ville où il posa son sac en arrivant de Roumanie mais Paris, ah, Paris ! Homme très soigné, presque coquet, c'est dans la capitale qu'il achètera ses – trop rares – costumes. C'est là qu'il repérera son futur chemisier, son futur chausseur, son futur chapelier... Et c'est chez Caron qu'il choisira son eau de toilette, le légendaire Tabac Blond, petite révolution masculine créée en 1919 par Ernest Daltroff : mousse de chêne, cuir, musc et œillet adoucis par l'ambre et la vanille.

À Lille, on est ébloui par ce jeune homme si chic. À la boutique comme à la faculté de médecine. Il connaît une bonne fortune avec une étudiante. Puis il rencontre Denise, une jeune ouvrière qui le regarde comme un dieu. Il n'est pas à l'aise pourtant. Il veut rompre, mais faire pleurer, ce n'est pas lui, ça. Il n'est pas venu sur terre pour créer du malheur mais pour l'abolir. Alors avec Denise, quand c'est fini, ça recommence. Suivent une nouvelle rupture, de nouvelles larmes et il cède à nouveau. Un jour, lorsque c'est Denise qui rompt, enfin, il a bien du mal, élégant comme il l'est, à dissimuler sa joie. Abandonné ? Il n'est pas homme à avoir de ces vanités-là. Il ne veut plus de ces amours sans véritable amour. L'amour, c'est forcément autre chose, un engagement complet, une connivence, une osmose, une complicité et une évidence : quelle qu'elle soit, ce sera « elle », la seule, l'unique. Et pour toujours. Il se replie sur lui-même, persuadé que ses élans, son don à l'autre, n'en auront que plus de force lorsqu'il se livrera enfin, sans restriction.

À la faculté, lors des sessions d'examen, il triomphe. C'est un sujet brillant qui fait des jaloux. Il essuie quelques réflexions désagréables, mais toujours indirectes, sur les métèques, les rastaquouères et les « bitumes de Judée ». Un étudiant lance un jour sur son passage : « Il ne manquerait plus que ça, voir devenir médecin un de ces Levantins dont les pères grattaient leurs poux sur les bords de la Vistule. » Michel s'arrête, le toise. L'étudiant, qui porte une fleur de lys à la boutonnière, baisse les yeux. Celui-là n'a pas envie de se faire casser la figure pour Charles Maurras et son « nationalisme intégral ».

La majorité des étudiants ne manifeste pas pareille hostilité. Visiblement, ils ne mangent pas de ce – mauvais – pain-là.

Michel est rassuré. Il a tort.

3

Le jour tant attendu arrive, sans grande surprise mais avec quels débordements de joie : la thèse est soutenue brillamment ! Puis vient la prestation de serment devant la statue d'Hippocrate. « Un Grec, celui-là, presque un voisin de la Roumanie », songe-t-il, un léger sourire aux lèvres.

Il se promène dans les rues, au hasard. Eh bien voilà, c'est fait, il est médecin, diplôme en poche, enfin ! Il commande un demi à une terrasse. Anonyme au milieu d'autres anonymes, il observe le garçon de café puis le type de la table voisine plongé dans la contemplation d'un verre de blanc. Le voisin est atteint d'un psoriasis mal soigné, on voit des croûtes dans ses cheveux. Il pourrait être un de ses clients et se précipiter en l'apercevant :

— Docteur!... Ça alors, vous parlez d'un hasard : j'ai pris rendez-vous avec votre secrétaire, il y a pas dix minutes.

Michel n'est pas vaniteux mais il a cette coquetterie de souhaiter qu'on le considère comme un médecin. Sentir les regards, être celui qui délivre de la douleur : comment les gens regardent-ils un médecin, sinon avec sympathie ?

Il continue son errance, ses pensées le ramènent à l'essentiel, aux grands choix. Son travail acharné lui a permis d'atteindre le premier de ses trois objectifs les plus urgents, les plus impérieux. Il en reste deux : faire venir sa famille et remercier son pays d'accueil en faisant honneur à la médecine, en s'imposant.

Malheureusement, lors de toutes ces années passées si vite, de sombres nuages se sont accumulés dans le ciel d'Europe. En Roumanie, les rafles et les pogromes se multiplient. Bientôt, les lettres de Michel à ses parents restent sans réponse. Alors Michel renoue avec des amis lointains, des voisins et va même jusqu'à payer un enquêteur privé à Bucarest, par l'intermédiaire d'un cousin. Le rapport tombe, sèchement : ses pauvres parents ont disparu dans la tourmente de la montée du fascisme. Sur la fin, l'enquêteur devient brusquement évasif. « Disparus », on ne sait pas trop comment, ni où, ni quand.

C'est un coup terrible pour Michel. Dans son désir de réussite, il y avait un peu de cela : faire venir ses parents en France, leur montrer que leur garçon y avait bien réussi, qu'il était médecin. Les gâter, les dorloter, leur rendre au centuple tous les sacrifices qu'ils avaient consentis pour lui. Une jolie revanche dont le prive cruellement l'affreuse machine fasciste qui s'est mise en branle partout, même jusqu'au lointain Japon !

Mais plus proche, et plus redoutable, le danger vient d'Allemagne : Adolf Hitler a été nommé chancelier par le vieux maréchal Hindenburg. Aussitôt, d'après les cousins de Michel, les humiliations ont commencé, suivies de rixes, de violences et du boycott des commerces juifs avec la bénédiction du pouvoir.

Le diplôme, diversion heureuse aux chagrins et aux inquiétudes et quelle que soit la valeur affective que Michel y attache, ne suffit pas. Il faut à présent exercer.

Au début, quelques remplacements un peu au hasard, via les copains de la Faculté. Puis, plus régulièrement, chez un vieux médecin à la santé chancelante. Le confrère, un Auvergnat, est diabétique, cardiaque, qui plus est mutilé de guerre. Un homme bien, très digne, tolérant. Un peu amer mais lançant d'imparables sentences : « En 1918, j'étais un héros ; aujourd'hui, je suis un infirme. » Un peu communiste, aussi : « Eh bien quoi, qu'avons-nous à perdre, si ce n'est nos chaînes ? »

Michel sait qu'il pourrait facilement reprendre le cabinet. Mais il rêve d'autre chose : exercer à Paris.

Il finit par en faire l'aveu. Le vieux confrère en sourit :

— Paris, t'en reviendras, mon gars, mais c'est vrai que c'est de ton âge. Allez, je ne te blâme pas !

Michel quadrille Paris en tous sens. Il a un petit faible pour le XIIIe. Un quartier populaire, un quartier d'ouvriers. D'énormes usines s'y sont installées : Citroën, Panhard, la raffinerie Say, ainsi qu'une foule de petites boîtes. En outre, l'arrondissement est très pavillonnaire. Il repère une petite maison proprette, un rez-de-chaussée qui ferait une agréable salle d'attente, un jardin où fleurissent le lilas et les roses... La place d'Italie, les Gobelins, la descente vers la rue Mouffetard et le Quartier latin avec ses si nombreuses librairies. Certes, la clientèle ne roule pas sur l'or mais il n'aura pas le temps de chômer. Les maux ne manquent pas : tuberculose, alcoolisme, malnutrition... Le loyer cependant n'est guère abordable.

Michel poursuit ses recherches et trouve enfin l'endroit qui lui convient.

Sa plaque est vissée au 38 de la rue de Moscou, un immeuble avec des cariatides en façade. Un émigré roumain rue de Moscou à Paris, c'est piquant. Plus tard, sa femme s'en amusera. Pour l'instant, c'est le vieux confrère communisant qui lui écrit : *« Rue de Moscou !... Vil flatteur !... Je t'embrasse tout de même et bien affectueusement. P. S. : Tes futurs patients ont beaucoup de chance, mais ils ne le savent pas encore. »*

Michel s'organise fiévreusement. L'immeuble bourgeois fait bonne impression. Le loyer, là encore, n'est pas donné. Va pour le cabinet, mais il devra loger ailleurs. Il choisit un petit deux-pièces rue de l'Épée-de-bois. Le nom de la rue y est pour quelque chose. Il ressemble à un vœu :

avec des épées de bois, les guerres seraient moins meurtrières et tous les traîneurs de sabre ridicules.

Outre le cabinet, Michel a également une activité médicale hospitalière. On ne fait jamais fortune à l'hôpital mais au moins y entretient-on son savoir. Mieux encore : au cœur du dispositif, la pratique s'aguerrit plus rapidement. Et puis il en va de la médecine comme du reste : ce qui ne monte pas périclite. Pas question de se scléroser en ces années 1930 où la science avance si vite.

Entre le cabinet et l'hôpital, Michel a peu de temps pour les loisirs. Il finit tard, très tard. Les occasions de jouer du piano ou de se rendre aux concerts sont rares. En revanche, il chante à tue-tête, du moins dès qu'il est seul. Éclectique, il passe de Charles Trenet à Verdi, d'Henri Garat à Armstrong.

Mais surtout, il y a Georgette. C'est merveilleux et totalement nouveau. Penser à elle le bouleverse au point d'en souffrir physiquement. À chaque fois naît une impression d'étouffement dans la poitrine : un mal qui, du point de vue clinique, déconcerte le médecin. Et puis quoi, au fond ? S'emballer de la sorte, est-ce bien raisonnable ? Il l'a tout juste aperçue chez des amis...

Mais le docteur Elberg, faut-il le dire, n'est pas toujours rationnel dès lors qu'il s'agit d'amour, du grand, de celui qu'il attend depuis toujours.

Pourtant il plaît aux femmes. Il est si élégant. Costume gris, gilet, chapeau mou, gants, serviette grainée. Un médecin ne peut pas se permettre d'être sale, ni même négligé. Il a vu une photo où l'un de ses confrères, par ailleurs écrivain, apparaissait mal rasé. Il en a été choqué. Pourtant, il a adoré le livre de ce docteur Destouches dit Louis-Ferdinand Céline. Son roman *Voyage au bout de la nuit* ressemblait à une plongée libre dans la médecine des dispensaires de banlieue, l'horreur de la misère ouvrière, et même une vigoureuse dénonciation du colonialisme. On disait Céline communiste, en tout cas révolutionnaire. Il l'était au moins dans le style qu'il avait inventé, qui n'appartenait qu'à lui et disparaîtrait avec lui.

Michel et beaucoup d'intellectuels vont vite déchanter à propos du « docteur Céline » mais ils ne savent pas encore que l'amertume et la désillusion seront à la base du calice imposé à la fin de ces années 1930.

Dans le quartier, Michel est populaire. On connaît bien sa silhouette athlétique, ses larges épaules et cette impression de force rassure. Mais plus encore son dévouement, son sens de l'écoute, son petit mot gentil à chaque patient. Et toujours un bonbon dans la serviette pour les gosses, lesquels, en prévision de l'inévitable friandise, redoutent moins la visite du médecin.

Michel surprend de temps en temps des regards haineux. Certains antisémites ont au moins cette franchise de ne pas cacher leurs sentiments. À tout prendre, il préfère cela aux gens mielleux qui le disent « bon commerçant » avec tous les sous-entendus qu'on imagine. Ou, plus répugnant encore, cette question posée sur un ton faussement candide : « Elberg, ça vient d'où, ce nom-là ? »

Mais Michel sait distinguer le propos blessant sous le vernis poli et les paroles qui ne sont que familières. Tel ce vieux patient qui l'accueille toujours d'un sonore : « Tiens, v'la l'piqueur de fesses ! »

Peu à peu, la vigilance de Michel s'alanguit. Comme beaucoup, il ignore à quelle vitesse peut changer une opinion publique sous la pression des événements.

Mais un événement d'importance le guette. Certains appellent cela le bonheur.

4

Il revit Georgette.

Au fond, c'était inévitable car le coup de foudre avait bien eu ce caractère de réciprocité qu'il avait espéré dans la solitude de son petit deux-pièces de la rue de l'Épée-de-bois. Rarement le mot « promise » fut plus adéquat. Ils étaient en effet promis l'un à l'autre par leur profonde complicité, une semblable façon de voir le monde, de comprendre le passé et d'envisager l'avenir. À quelques nuances près...

Ils n'appartiennent pas vraiment au même milieu. Et si le temps sert de mesure à l'enracinement en France, sur ce plan-là aussi, Georgette a de l'avance. Mais un tel critère relève de l'absurde,

Michel en est convaincu : on adhère à un pays, une nation, une société et des valeurs par la force de l'enthousiasme et des sentiments, pas par le nombre d'années que l'on y passe. Ni même par le fait d'y être né... Certains juifs, par leur passion pour la France et pour son passé, paraissent à Michel « plus français » que certains Français totalement et définitivement indifférents à l'originalité de ce pays, à sa douceur de vivre.

Georgette, née en France, est la fille d'un couple d'Ukrainiens émigrés à la fin du XIXe siècle. Elle est dentiste, comme son père, et pratique depuis tout juste un an. Très douce, gentille, elle a choisi d'expliquer aux patients comment et pourquoi elle soigne leurs dents, l'origine du mal et de la douleur. Ses explications sont simples et lumineuses. Et du coup, avec l'ignorance disparaît presque la souffrance qui lui est associée. On l'apprécie. Mieux, on commence à la rechercher tant elle diffère de certains confrères taciturnes et brutaux.

Au début ce sont des rendez-vous « chaperonnés ». De rébarbatifs thés dansants avec l'inévitable présence d'une tante ou de toute autre femme de la famille de Georgette, à la seule condition qu'elle ne soit pas jeune : on craint dans ce cas une trop grande « compréhension ». Or, comme chacun sait, de la compréhension à la complicité, il n'y a qu'un pas...

Ni Georgette ni Michel ne sont du genre à subir bien longtemps pareille tutelle, pratique certes répandue dans la bourgeoisie mais qui leur semble d'un autre âge. Ils s'en affranchissent donc pour se retrouver dans de petits restaurants de Montparnasse ou du Quartier latin. À la surprise de Michel, Georgette veut un jour voir le petit deux-pièces de la rue de l'Épée-de-bois. L'ordre monacal et la propreté de l'endroit ne la surprennent pas. La façon dont un homme seul range son appartement en dit toujours assez long sur lui.

On est en période de « flirt ». L'intimité de l'appartement précipite les choses. Les jeunes gens deviennent des amants. Dès cet instant, il paraît évident à chacun d'eux qu'il est temps de vivre ensemble.

« L'accident », ainsi qu'il est convenu d'appeler une grossesse hors mariage chez « les gens comme il faut », survient rapidement. Il permet de précipiter les choses, en plaçant les parents devant le fait accompli, c'est-à-dire l'obligation d'organiser un mariage.

Et rapidement.

Si les parents s'affolent un peu, il n'en est pas de même de Georgette et Michel. Ce dernier a tout prévu : il veut que Georgette exerce dans un cabinet « digne d'elle ». Il faut alors envisager de coupler appartement et cabinet de dentiste. Michel, pour sa part, conserverait la rue de Moscou pour y exercer ses activités de médecin mais lâcherait le petit deux-pièces de la rue de l'Épée-de-bois.

On trouve sans trop de peine un appartement assez grand pour satisfaire ses désirs et l'ambition qu'il manifeste pour celle qu'il aime. L'appartement de l'avenue de Versailles est irréprochable. Vaste, clair, lumineux.

Contrairement à Georgette, qui ne s'en préoccupe guère, la bourgeoisie locale indispose le jeune médecin. Il croise trop d'hommes avec au revers des insignes politiques désagréables, trop de femmes au maintien de momies. Des gens glacés, à des années-lumière des quartiers populaires qui constituent son quotidien.

Georgette s'en amuse :

— Mais les royalistes aussi ont des dents cariées !

— Justement, tu ferais bien de leur limer les crocs !

Ils ne vivent pas encore vraiment ensemble. Ce qui ne les empêche nullement de se voir, ni Georgette de rentrer tard chez ses parents. De plus en plus tard... mais de rentrer tout de même. Il faut sacrifier aux convenances, et puis les parents de la jeune femme sont de braves gens, simplement inquiets pour leur fille, chose que Michel comprend parfaitement.

Il est heureux. Toutes les perspectives qui s'ouvrent lui paraissent merveilleuses. Avec une touchante modestie, et peut-être un petit fond de superstition, il lui arrive de se dire : « Vraiment, j'ai trop de chance ! » Il la savoure. Certes, il désire absolument le mariage mais il a assez de recul pour apprécier le charme de ces instants qui précèdent le grand événement. Ils vivent comme des « amoureux » : rendez-vous semi-clandestins, baisers volés sur une plate-forme d'autobus, réprimandes des gardiens de square, petits bouquets de fleurs... Michel connaît avec Georgette une nouvelle jeunesse, lui qui a dû si vite devenir sage et raisonnable en Roumanie.

Il considère ces temps comme l'« âge d'or » de leur histoire, une mine de souvenirs pour plus tard. Il ignore à quel point il en aura besoin un jour...

Au cabinet comme à l'hôpital, il regarde plus attentivement les jeunes couples... et les jeunes enfants, tout ce qui bientôt le concernera. Anticiper, prévoir pour adoucir les chocs, cette philosophie lui vient de loin et ne le quittera jamais.

Les futurs beaux-parents, après une période assez froide « pour le principe », commencent à apprécier Michel et à se dire que leur fille, en laquelle ils ont toujours eu confiance, n'a finalement pas eu la main si malheureuse que ça ! Au reste, ils n'en attendaient pas moins d'elle. Il ne manque à Michel qu'une famille solide, ayant du répondant, une bonne assise financière, un patrimoine. Mais on ne peut l'en blâmer surtout lorsqu'on apprend, par Georgette, le destin des parents du jeune médecin : l'Ukraine vaut la Roumanie et les souvenirs ne sont pas si lointains.

En Ukraine, les pogromes ont atteint une rare violence, la communauté juive servant de bouc émissaire aux inconséquences, aux erreurs et aux crimes de la politique des tsars.

Le père de Georgette ne déteste pas l'idée que le jeune couple doive se frotter à la vie. Certes, son épouse et lui seront toujours là, en cas de coup dur, mais le combat est formateur et trop aider les jeunes gens finit par constituer un handicap.

La date du mariage est bientôt arrêtée.

Aussitôt, on se perd avec délices dans le règlement de mille détails...

5

L'été 1933 est terriblement chaud. Surtout pour un mariage.

Une partie des invités crient, encouragent Michel lequel, un bandeau sur les yeux, est frôlé par certaines femmes de l'assistance : c'est le jeu, il n'est pas prisé de tous. Il caresse un visage assez doux mais les cheveux sont trop bouclés et le parfum n'est pas le sien, ni le grain de la peau, ni le dessin de la bouche... Non, ce n'est pas elle.

Une autre encore. La peau est douce. Il connaît le rythme de ce souffle, la soie des cheveux. Il sait déjà que c'est Georgette. Ultime vérification, juste pour le plaisir : il respire derrière les oreilles de la femme, là où celle qu'il aime met toujours une goutte de parfum : très floral, des roses, du jasmin, de l'ylang-ylang, un fond de poudre de riz et de fourrure, une classe folle que n'égale même pas le fameux N° 5 de Chanel. C'est Arpège de Lanvin. C'est donc bien Georgette !

On retourne dans la grande salle du restaurant en jouant des coudes. On offre au jeune couple un verre de vodka. Ils y trempent les lèvres. Aussitôt, l'orchestre attaque une vieille mélodie juive. Les plus âgés, comme tante Tassia, restent un instant le regard perdu dans le vide.

C'est Georgette qui a choisi ce très grand restaurant situé en bas des Champs-Élysées : difficile de trouver plus français et, donc, de faire davantage plaisir à Michel. Georgette aussi, bien sûr, aime la France, mais l'amour presque mystique que Michel porte à ce pays n'appartient qu'à lui.

Les invités se pressent au buffet. Le mélange des deux familles reste très théorique. « L'aile roumaine » est bruyante et les amis des parents de Georgette d'autant plus réservés. Ils portent des chapeaux élégants qui tranchent avec les kippas des « Roumains ». Michel n'en souffle mot mais il souffre. L'amour, n'est-ce pas un même regard ?

L'installation dans le mariage repousse à plus tard ces préoccupations.

*

* *

Au reste, des nuages noirs s'accumulent vite, indépendamment du jeune couple. On peut appeler la chose Histoire ou Politique. Assurément, en cette seconde partie des années 1930, il faut être très inconscient, ou très protégé, pour y échapper.

Mais Georgette et Michel veulent avant tout goûter aux joies du mariage et surtout au plaisir nouveau de vivre ensemble, chaque jour et chaque nuit.

Avant la naissance du bébé, il y a encore les sorties en amoureux, les petits restaurants du quartier des Halles ou des boulevards, parfois le cinéma ou le concert, le théâtre, aussi, et, lors de ce beau début d'automne, les promenades au bois de Boulogne ou en bord de Marne.

Fleurs, herbes, fougères. Tous deux allongés dans une petite clairière, loin de tout, sous un ciel d'un bleu d'une absolue pureté. La vie vue à travers un prisme bleu et vert... Ce souvenir devait revenir souvent à la mémoire de Michel lors des années noires.

Et puis, pourquoi ne pas l'avouer, il existe entre eux une passion physique qui relègue à plus tard certaines interrogations qui leur semblent alors subalternes. La naissance d'Annie, leur petite fille, les repoussc encore davantage.

Ils sont très absorbés par leur travail, elle dans son cabinet de l'avenue de Versailles, qui occupe deux pièces de l'appartement, lui dans son cabinet de la rue de Moscou. Avec Georgette, il s'en amuse parfois, riant surtout de lui-même :

— Deux adresses, ça fait cossu !

Elle sourit à peine.

Ces années d'ascension, où comme tous les jeunes couples ils tentent de construire quelque chose, passent trop vite. Ils n'ont qu'un souhait : surtout, ne pas se laisser dévorer par le travail au point de ne pas être très présents avec Annie. Ne pas rater l'enfance de leur petite fille !

Mais, l'Histoire, la grande, les rattrape.

En 1934, l'affaire Stavisky éclate. Au départ, peu de chose : un petit escroc habile qui avait su se faire protéger par des politiciens corrompus et avait pu bénéficier de nombreux non-lieux. Un très haut magistrat, le beau-frère de Chautemps, le président du Conseil, est mis en cause. Acculé dans un chalet, Stavisky se suicide d'étrange manière. Les titres de la presse sont accablants : « On a suicidé Stavisky », « Stavisky se suicide d'une balle dans la nuque », « Qui a suicidé Stavisky ? » C'est le scandale. Chargé d'un complément d'enquête, un brillant magistrat, le conseiller Prince, est retrouvé, à l'aube d'une nuit glacée, le corps déchiqueté sur les rails du Paris-Dijon, au lieu-dit « La Combe-aux-fées ». Nouveau scandale ! Un grand journal charge le romancier Georges Simenon de l'enquête mais le père de Maigret ne fait pas d'étincelles. C'est un jeune policier qui attire l'attention, un certain Bony qui plus tard deviendra un tortionnaire de la Gestapo française et terminera sa carrière devant un peloton d'exécution.

Les francs-maçons sont mis en cause mais surtout les juifs. Le juif Stavisky. La presse d'extrême droite martèle son message de haine : le juif, c'est la corruption, la pourriture, les combines, la souillure... voyez Stavisky !

Le 6 février 1934, c'est la fameuse émeute de la Concorde. Beaucoup d'anciens combattants sont parmi les manifestants. La police tire, on relève des morts. La République chancelle.

Chez les Elberg, on ne perçoit pas les événements de la même manière. Pour Georgette, française depuis toujours, cet antisémitisme est un feu de paille, un de plus. Elle lâche sans passion :

— Ça retombera ! Aucune importance, des excités, c'est tout.

Michel ne partage pas cet avis.

Il est en France depuis moins longtemps. Il se souvient des pogromes. Le grand silence avant la ruée des brutes et des assassins sur les ghettos juifs. Il a encore cet instinct très fort, presque surdéveloppé, qui lui fait deviner le danger.

En cette année 1936, contrairement à ce qu'affirme Georgette, tout ne va pas si bien. Les fascistes italiens qui entrent à Addis-Abeba, les nazis et leurs Jeux olympiques à Berlin où l'on célèbre le soi-disant « type aryen », les franquistes qui se soulèvent contre le Front populaire légalement élu... Dans cette guerre fratricide, les « loyalistes » républicains s'opposent aux « rebelles » franquistes. Mais pour une grande partie de la presse gangrenée par l'extrême droite, les mots changent et la lutte pour le pouvoir en Espagne devient un enjeu entre « Rouges » et « Nationaux ». Michel bout de colère, d'autant qu'à Saint-Denis, Doriot, ex-numéro 2 du parti communiste, crée ce qui sera le plus grand parti fasciste français, le parti populaire français, le P.P.F.

Certes, il y a la victoire du Front populaire en France et Léon Blum, le président du Conseil : un homme fin, radieux et sensible, un littéraire, un humaniste. Il est juif et Michel comprend immédiatement l'utilisation que l'extrême droite en fera. Elle va dorénavant systématiquement lier juifs, rouges et francs-maçons. Il sait tout cela mais il refuse de renoncer à la joie que lui procure cette victoire des idées de progrès. Discrètement, il lui arrive d'aller aux meetings de Blum comme celui de Luna Parc. Il est là, entre un ajusteur et un menuisier du Faubourg Saint-Antoine. Il se souvient du cheminot de Lille, son « premier Français sur le sol de France ». Il sent avec une tranquille assurance qu'en cas de déflagration, ceux-là, qui viennent du milieu ouvrier, seront ses compagnons de lutte.

Consterné, il suit les débats sur la semaine des quarante heures et les congés payés et s'insurge contre les mauvais coups qu'on veut porter au Front populaire.

La guerre d'Espagne le déchire. C'est un véritable crève-cœur. Sa place pourrait être là-bas, où se trouvent ceux qui ont compris que c'est en Espagne que se joue l'avenir, que l'ennemi est clairement identifié, qu'il faudrait l'écraser dans l'œuf. Il doit étouffer des sanglots, lui, le déraciné, en lisant que les volontaires des Brigades internationales viennent de dizaines de pays différents. Intellectuels, ouvriers ou paysans, spontanément, ont rassemblé quelques pauvres affaires dans une vieille valise et ont tout quitté : amours, femme, enfants et parents. Avec parfois un lourd pressentiment, ils ont abandonné leur pays, leur travail, leur maison... pour lutter contre le fascisme. Ils s'en vont mourir à Madrid, Teruel, Guadalajara ou sur les bords de l'Èbre.

Deux à trois mille volontaires juifs combattent en Espagne : c'est considérable. Il y a même une unité exclusivement juive, la compagnie *Naftali Botwin,* du nom d'un héros juif polonais du mouvement ouvrier. Mais de toutes les nations du monde, c'est la France qui fournit le plus grand nombre de volontaires, près de dix mille, soit le tiers des combattants des Brigades internationales à elle seule. Mais aussi le tiers des morts... Juifs, français, parfois juifs français : Michel se sent doublement fier.

Bien plus tard, quand viendront les défaites, les pauvres éclopés, les aveugles, les amputés, les malades, dès lors qu'ils seront des anciens combattants des Brigades internationales, ceux-là pourront passer le seuil du cabinet du docteur Elberg : ils seront soignés et pris en charge sans qu'il soit jamais question qu'ils payent un centime.

Au reste, Michel le devine avec lucidité : demain, si le pire devait arriver, si l'Europe devait s'embraser, les anciens d'Espagne, devenus des soldats de légende, seraient les premiers à se battre.

6

Au 38, rue de Moscou, le cabinet ne désemplit pas. Le moteur de cette réussite, c'est la confiance. Ce docteur au physique de rugbyman, au sourire facile et qui possède ce petit surplus d'humanité qui fait la différence, on sait que c'est un bon médecin. D'accord, il n'est pas le seul. Mais comme le disent les petites gens du quartier avec une ingénuité d'enfant : « Lui, il fait pas peur, vous savez, il se prend pas au sérieux : quand il a signé le certificat de mariage de mon fils, il m'a fait remarquer que le mariage ne se joue pas sur la qualité, mais sur la durée. »

Michel continue son activité médicale hospitalière mais il adore cet habit social de « médecin de famille ». Il se sent flatté d'avoir été choisi mais plus encore de cette confiance qui le fait pénétrer dans la cellule la plus intime, la plus secrète de la société française : la famille. On peut lui parler de tout ce que l'on tait habituellement : le docteur Elberg, on le sait, c'est comme la banque de France, la sécurité absolue, le secret scellé.

Souvent, contrairement à beaucoup de ses confrères, il considère les problèmes avec réalisme. Au lieu de s'enfermer dans une position théorique impeccable mais irréalisable sur le terrain, il cherche le compromis, guidé par le seul intérêt de son patient. À l'ancien combattant brisé nerveusement à Verdun, qui fume trop, ou au type qui vide ses quatre litres de vin par jour, il propose un programme de réduction progressive des cigarettes ou de l'alcool.

On ne quitte jamais le docteur Elberg en songeant : « Ce qu'il me dit de faire, j'y arriverai jamais, c'est pas possible, il en demande trop, il n'y connaît rien. » Il n'étouffe jamais l'espoir d'une solution, il sait laisser les portes entrouvertes. Il propose de traiter le problème à deux, de faire équipe, en quelque sorte. On a envie d'essayer, d'y croire, voire d'y arriver.

Deux fois par semaine, il se rend à l'hôpital Rothschild où il est attaché-vacataire. Ce n'est certes pas une activité lucrative, mais un moyen intelligent de ne pas couper le lien avec l'Université et son précieux enseignement. Sa simplicité et sa gentillesse, à quoi s'ajoute son physique plaisant, ont tôt fait de conquérir bien des cœurs. À commencer par la rude Mme Labarthe, la surveillante, qui tient son service comme un adjudant sa caserne. Rondeurs abondantes, blondeur assez peu naturelle, coiffe blanche : le cerbère n'est cependant point insensible à Michel. D'instinct, en grand fauve, elle comprend que ce bel homme en a probablement vu d'autres et des sévères. Elle sait qu'elle ne l'impressionnera pas, alors, alors peut-être, elle se souvient qu'elle est aussi une femme et se fait chatte :

— C'est pas grave, docteur, vous, vous pouvez marcher dans le mouillé, mais c'est de la javel, alors attention à vos belles chaussures et à vos bas de pantalon.

Un autre eût été proprement éjecté. Michel est assez flatté de ce traitement particulier. Il prend un air confus :

— Merci de cet avertissement, chère madame Labarthe.

Voix de velours, manières exquises. Sachant qu'il est déjà prêt et pas même tiédissant, il accepte le petit café. Elle l'entraîne alors en le prenant par le bras, sachant qu'elle crée des jalousies, ce qui la comble d'aise.

Michel abrège toujours la cérémonie, quitte à se brûler un peu la langue.

— Vous êtes salle 14, monsieur Elberg.

— Il y a du monde ?

— Pour une heure aussi matinale, oui.

D'un pas de chasseur, il se rend au poste des infirmières.

— Béatrice, vous êtes avec M. Elberg. Allez, au travail, traînez pas comme ça !

Béatrice, c'est une jolie jeune fille, rougissant assez facilement. C'est peu dire que Michel la trouble mais pour autant, sa tenue reste irréprochable, son professionnalisme intact et ses gestes sûrs.

La salle de consultation numéro 14 est une vaste pièce, blanche jusqu'à mi-hauteur puis d'un vert indéfinissable jusqu'au carrelage. Un endroit froid, fonctionnel. Un mobilier spartiate et les instruments du médecin : table, téléphone, stéthoscope, marteau à réflexes, abaisse-langue en bois. Sur un des murs, un négatoscope pour lire les radiographies. En face, une affiche met en garde contre les effets désastreux de la tuberculose. Sur une autre table, une pile de dossiers : le programme de la matinée.

Comme chaque matin, ce qui n'empêche pas la jeune femme de rougir, Béatrice annonce le programme de la matinée :

— Monsieur, vous avez consultation jusqu'à 11 heures. Après, vous devrez allez voir quelques malades dans les étages. Enfin, vous achèverez avec la réunion de service.

— Eh bien on va essayer de faire tout cela...

Les patients attendent dans le couloir, sur des chaises inconfortables. Béatrice les fait entrer un à un. La règle consiste à leur donner rendez-vous tous à la même heure. Michel avait un jour demandé au service s'il n'était pas possible d'échelonner les rendez-vous mais la réponse n'avait pas tardé : « Ordre de la direction ».

Michel souffre de la raideur de l'organisation. Un rendez-vous par quart d'heure, telle est la consigne. Difficile, dans ces conditions, d'établir une relation personnalisée avec le patient.

D'un autre côté, il trouve là l'occasion de se confronter à des pathologies lourdes qu'il rencontre très rarement à son cabinet. Ce dernier aspect l'emporte sur l'autre.

Il est heureux de rendre service. Il n'en finit jamais de payer ce qu'il pense sincèrement être sa dette vis-à-vis de ce pays qui l'a adopté et mieux encore, qui lui a donné une chance de réussir, d'exaucer tous ses rêves.

Outre sa qualité de médecin faisant partie de l'équipe soignante, il officie aussi comme traducteur dès lors qu'un malade roumain entre dans le service. Le patron, mi-curieux, mi-attendri, lui fait alors souvent remarquer :

— Elberg, j'ignore si vous traduisez strictement mes paroles mais lorsque vous parlez à ces gens-là, on dirait que vous leur apprenez qu'ils ont gagné à la loterie nationale.

— Par rapport à la Roumanie, c'est un peu ça, pourtant...

Michel se dévoue beaucoup pour les Roumains arrivés en France. Lui sait par où ils sont passés et mesure combien il est difficile pour les autres d'imaginer ce long calvaire. Certains réfugiés en abusent peut-être, mais quelle importance ?

Les réunions de fin de matinée permettent de parler vraiment médecine. On soumet au patron, et aux confrères, les cas difficiles. Le patron n'est pas avare de conseils ni d'encouragements et n'hésite pas à faire pousser toujours plus loin les investigations. Ce climat de confiance permet à Michel d'amener à l'hôpital certains patients de sa clientèle privée pour lesquels il cherche un conseil ou une confirmation.

Le chef de service l'a pris en sympathie. Pour lui, cette recrue qui vient deux fois par semaine se tremper aux dures réalités de l'hôpital est un type bien, solide, efficace et ouvert au dialogue. Comme pour certains autres jeunes médecins – pas tous, hélas –, l'hôpital est un moyen de briser la solitude de l'exercice privé. On ne peut que les en féliciter.

Après la réunion, suit une nouvelle pause café avec le personnel du service. On parle de tout et de rien, parfois de politique. Michel se tait par pudeur mais son regard brillant s'exprime pour lui. Il s'autorise cependant à donner des informations sur son ancien pays, les persécutions contre les juifs qui y sont menées. Il n'emporte pas toujours l'adhésion. Rien qui ne soit hostile, ouvertement déclaré, mais des moues dubitatives, de petits mouvements de tête.

Étrangement, c'est avec les communistes qu'il parvient à établir de bonnes relations. Michel ne nie pas qu'il soit un nanti, un privilégié, et cette franchise est sa première bonne note. Ses idées sociales et progressistes achèvent de convaincre. Bien qu'ils le considèrent un peu comme un artiste, les « camarades » finissent par s'attacher à lui...

7

Les jours, les mois filent. Le jeune couple abat un travail considérable. Michel voudrait arrêter le temps comme ce petit bonhomme qu'il a à l'esprit : arc-bouté il tente d'empêcher la progression de la grosse aiguille des heures.

Il achète une nouvelle voiture, une Packard « Eight » presque neuve que lui cède à un prix défiant toute concurrence un confrère d'origine lituanienne, juif lui aussi, qui émigre avec toute sa famille aux États-Unis.

— Michel, j'ai sorti mes antennes et ce qu'elles captent ne me rassure pas, ni ici, en France, ni nulle part ailleurs en Europe. Emmène ta petite famille loin d'ici, loin de l'antisémitisme et de la guerre qui approche...

— Tu es fou, Simon! Les Français, dans leur majorité, ne sont pas comme ça. Et l'armée française est la meilleure du monde.

Simon devine qu'il n'y a rien à tenter. Il hoche la tête, gravement, puis lève ses yeux bleus sur son interlocuteur:

— J'espère me tromper...

Coup de froid à l'âme. Dès qu'il s'agit de sa « petite famille », de Georgette et d'Annie, le docteur Elberg n'est pas loin de paniquer. Mais sa force le rassure. Au diable le pessimisme!

À la maison, Annie lui saute au cou:

— Papa, on va à la mer?

Coup d'œil soupçonneux à Georgette.

— La mer?... Pourquoi la mer?

— Maman dit qu'avec les « congés payés » tout le monde peut y aller. Nous aussi, papa?

Nouveau regard lourd en direction de Georgette qui ne se dérobe pas:

— Tu pourrais leur dire que tu prends des vacances, que tu veux essayer ta nouvelle voiture.

— C'est que...

Il en mourait d'envie. Il capitula à l'instant.

On charge la Packard. Un mois de vacances. Les premières vraies vacances dans une petite villa dissimulée dans une pinède et qui donne directement sur la plage de La Baule-les-Pins.

On apprend à Annie à nager, à monter sur un poney, à confectionner des colliers de coquillages. Elle se fait des amis qui, comme elle, entreront à l'école à la rentrée. Et lorsqu'elle s'endort, le jeune couple peut enfin se promener sur la plage, au clair de lune, main dans la main...

*

*   *

Bien à la mer, bien en ville. Michel est content de retrouver sa vie de médecin, son quotidien chéri dans ce Paris qu'il commence à bien connaître.

Il met de la lenteur, presque de la solennité, dans certains de ses gestes. Par exemple, en fin de matinée, à l'hôpital Rothschild, dans cette façon qu'il a d'ôter sa blouse. Il va ensuite place Clichy dans une brasserie où il a ses habitudes. Il aime regarder les gens. Ceux des affaires, qui parlent trop haut, et les couples, certains furtifs, regardant avec anxiété tout nouvel arrivant.

— Attention, adultère, murmure-t-il avec indulgence.

Au fond, à Paris, ce n'est pas comme en Roumanie : il y a ce côté théâtre de boulevard. Il en sourit d'autant plus qu'il ne se sent pas du tout concerné : l'infidélité conjugale, ce n'est pas pour Georgette et lui, ils ont construit sur autre chose. Les problèmes sont d'un autre ordre...

De la place Clichy, après un regard vers ce fameux café, *Le Cyrano,* où l'écrivain André Breton reçoit ses disciples, il descend vers la rue de Moscou.

Les boutiques rouvrent après le déjeuner. Il entre à la boucherie Lazennec et demande à la caissière :

— Alors, votre maman ?

— Elle ne tousse plus mais ne supporte pas le bruit des ventouses. Ça l'agace.

— Le bruit, ou l'effet ? demande Michel tout de même un peu surpris.

— Le bruit, quand on retire la ventouse.

— « Ploc ! » fait Michel. Ils rient.

Dehors, il croise la charrette du laitier, tirée par un gros percheron bonasse. Les bidons vides sont accrochés sur les flanc de l'attelage. Le laitier, un patient, l'apostrophe joyeusement :

— Ah, docteur Elberg!... Vous comptez en tuer combien, aujourd'hui ?

Enfin, son immeuble, la petite cour et le cabinet au deuxième étage. Michel a encore du mal à s'habituer. C'est son domaine, son cabinet. Il est chez lui. Dans son décor qu'il a choisi avec soin.

Après la salle d'attente, son bureau pour les consultations. Tout est à sa place. Le téléphone, la table d'examen, l'armoire vitrée contenant seringues, instruments et médicaments, les deux petits fauteuils devant son bureau. Au mur, une lithographie de Sonia Delaunay. Un tapis de Perse... mais il ne parierait pas sa vie sur son origine réelle. C'est un endroit sérieux, mais pas trop solennel.

Il entrouvre la fenêtre. De la rue monte le son d'un orgue de Barbarie. Il s'approche. Une femme d'un certain âge tourne la manivelle en chantant *À Paris, dans chaque faubourg.* À côté d'elle se tient un petit garçon, la casquette à la main.

Michel jette quelques pièces par la fenêtre. Le petit garçon se précipite et les ramasse sur le trottoir puis il agite sa casquette vers lui en signe de remerciement.

Michel est ému. Il adore le peuple de Paris. C'est lui, et lui seul, qui donne une âme à cette ville. Lui, les ouvriers, les camelots, les petits employés, les « étrangers » avec toutes sortes d'accents allant du Sud profond aux lointaines terres slaves, toutes les races venant de « l'empire colonial » et puis les vieux qui descendent parfois une chaise devant l'immeuble pour profiter du spectacle gratuit de la rue. Le peuple et ses trouvailles, ses blagues, ses chants, ses rires, les scènes de ménage dont tout le monde profite, les duels T.S.F. opposant Tino Rossi à Charles Trenet...

Françoise, la secrétaire, arrive à cet instant.

Ils parlent d'abord du courrier, puis, comme si elle marchait sur des œufs, elle questionne :

— Docteur, où en est la demande de renseignements du conseil de l'Ordre à votre sujet ?

La bonne humeur de Michel s'évanouit :

— Je ne comprends pas... Mais qu'est-ce qu'ils ont, au conseil de l'Ordre, avec toutes ces demandes de renseignements ? Je n'ai tout de même pas volé mon diplôme !

Françoise, qui devine le mélange d'angoisse et d'agacement qui s'est emparé de Michel, tente de le calmer :

— Ils ont dû perdre un papier dans votre dossier, ce n'est pas spécialement dirigé contre vous.

— J'espère... répond Michel, l'air sombre.

Puis, brusquement :

— Françoise, prenez votre bloc !

Il réfléchit un court instant et, tout en marchant de long en large, dicte d'une voix froide :

— « Monsieur le Président, en réponse à votre demande de renseignements, je vous adresse à nouveau... » Non, corrigez. « Je vous adresse une fois de plus mon dossier. Vous y trouverez mon cursus universitaire ainsi que mon diplôme obtenu à la faculté de médecine de Lille. J'ai sollicité et obtenu ma naturalisation en 1932. Je suis venu à Paris où j'exerce depuis trois ans... »

Il s'immobilise :

— Bon, vous m'arrangez ça et vous joignez toutes les copies certifiées de mon dossier.

— Ne vous en faites pas, j'ai tout ce qu'il faut dans mon classeur spécial.

Il ébauche un bref sourire :

— Et puis on commence à être rodés. Combien de fois nous ont-ils demandé les mêmes pièces ?

— Trois fois.

— Espérons qu'ils perdent moins de malades que de dossiers.

Françoise sourit. C'est ce qu'elle aime, chez le docteur Elberg, cette manière de ne jamais céder à l'abattement, de continuer à se battre. Et avec le sourire.

On entend la sonnerie de la porte.

Elle se lève :

— Ce doit être le premier patient. J'y vais.

8

Les jours se succèdent, parfois comme autant d'Austerlitz. Aujourd'hui, c'en est un. Une tumeur difficilement décelable, un problème qui demandait de la finesse, d'autres examens. La jeune fille passait tout à l'heure sur le billard. Michel a appelé l'hôpital : un succès !

La fatigue de la journée s'estompe. Dans le soir qui tombe, la rue semble bleutée. Une vie sauvée. Une seconde naissance, non, une re-naissance, parce qu'il a bien fait son boulot, là où deux confrères n'avaient rien vu, ne comprenant pas les douleurs, les pensant imaginaires.

Quel merveilleux métier ! Ah si ses anciens tortionnaires de Roumanie voyaient ça ! Si on pouvait les tenir dans un coin, qu'ils le voient lutter pied à pied contre la douleur et la mort... Mais changeraient-ils pour autant ?

Il desserre son nœud de cravate et appelle chez lui :

— Journée terminée, chef, je rentre... Et toi, pas trop fatiguée ?.... Dis, c'est un peu fou mais j'ai une envie subite : si on allait écouter du jazz, ce soir ?

Elle hésite, le jazz... mais c'est oui.

Le temps de se changer, de s'engouffrer dans la Packard et ils se retrouvent à Montparnasse, dans la salle du *Washboard* qu'ils connaissent déjà, avec son style Arts déco.

Ballet des garçons et des serveuses qui glissent, apportant plats et boissons. Michel adore cette ambiance, le nuage de fumée bleue au plafond, les rires qui fusent, les verres qui s'entrechoquent et la piste de danse juste devant l'orchestre. Tandis qu'ils consultent la carte, Michel commande deux coupes de champagne.

— Qu'est-ce qu'on fête ? demande Georgette, surprise.

Il lui parle de la jeune fille opérée l'après-midi même. De son obstination devant ce qui semblait insoluble. De la part d'instinct, aussi, qui lui a permis d'être certain qu'il ne s'agissait pas d'un mal psychosomatique. Il ne le précise pas mais sans lui, dans quelques mois, la jeune fille serait morte. Elle est fière de lui. Pas besoin de mots, son regard le lui dit. Il rougit un peu et, pour se donner une contenance, se concentre sur le menu.

Et tout en lisant, il lance :

— J'adore cette musique. Tu te rends compte que les premiers bluesmen étaient obligés de se cacher pour jouer et pour danser.

— Comme dans ta Roumanie, alors ?

Il paraît surpris. Elle enfonce le clou :

— C'est une musique opprimée, une musique d'opprimés. C'est sans doute un peu pour ça que tu l'aimes.

Il est étonné : Georgette a de ces fulgurances déconcertantes. Elle l'invite à poursuivre, ce qu'il fait bien volontiers :

— Ils jouaient avec des instruments de cuisine pour s'accompagner. Et même des planches à laver. Ça vient de là, le nom de cette boîte : le *Washboard.*

Ils se taisent en entendant un magnifique solo de clarinette. Georgette se balance légèrement, suivant le rythme. Il sourit. Elle se trouble :

— Pourquoi tu me regardes comme ça ?

Michel lui prend la main :

— Pourquoi pas ?

— On ne répond pas à une question par une question !

— Alors réponds à celle-ci : le moment est peut-être venu d'avoir un deuxième enfant...

Ils se lèvent et gagnent la piste de danse. Michel a attendu un slow, bien entendu. Ils s'enlacent puis s'embrassent.

— Michel, on nous regarde, je ne veux pas me donner en spectacle...

— Les autres, on s'en fout. Tu es belle, je suis heureux, alors le reste...

Il fait beau sur le boulevard. Un été indien à la fin de septembre, c'est assez exceptionnel. Les passants se font plus rares. Michel a l'air songeur, ce qui inquiète aussitôt Georgette :

— À quoi penses-tu ?

— Tu vas dire que c'est idiot, mais je pense à la Roumanie... À mes parents, aux fleurs de pommiers après la neige, aux petits chevaux rapides tirant des charrettes trop lourdes... Presque un autre monde.

*

* *

L'année 1937 arrive très vite. À Guernica, les Allemands expérimentent les bombardements de terreur à destination des populations civiles désarmées. Bientôt, Franco et ses mercenaires marocains entrent dans Bilbao. L'Italie quitte la S.D.N. Hitler rêve tout haut d'une « Grande Allemagne ».

Le ministère Blum chute. En France, on commence à cesser de rêver...

D'autant que l'extrême droite relève la tête. Son aile secrète, « la Cagoule », assassine et organise des attentats à l'explosif. Mais son aile « publique » s'affiche en se mobilisant contre les « profiteurs métèques venus en France pour manger notre pain ». Même à la faculté de médecine...

Des confrères se veulent rassurants, parlant d'une « petite bande d'excités ». Mais ces « excités », Michel les a vus à l'œuvre en Roumanie.

Edmond Stievet, un ami médecin un peu plus âgé, vient raconter à Michel les nouvelles tendances de l'enseignement à la faculté de médecine.

— Michel, c'est plus grave qu'ils ne te le disent. Va écouter le cours que Chavrier donne aux étudiants de troisième année. Moi, j'y suis allé, et je ne m'en suis toujours pas remis...

Michel se rend rue de l'École-de-Médecine. L'amphi de Chavrier est bondé. Michel écoute, stupéfait, l'homme de science qui distille un discours haineux :

— Toujours à propos de l'hérédité nerveuse et arthritique, les familles israélites nous fournissent un beau sujet d'étude. Les troubles neurologiques sont extrêmement importants et fréquents au sein de la race sémite. C'est un fait que chez les israélites, la pathologie nerveuse est plus souvent représentée que partout ailleurs. Ces... gens-là, en effet, ont le privilège de montrer à un degré extrêmement accentué tout ce qui peut se voir en matière d'arthritisme. Et tout ce qu'on peut imaginer, bien entendu, d'affections névropathiques ! Travail fort intéressant, mesdames et messieurs, que d'étudier les maladies de cette race. Excellente source d'observation de pathologie comparée. Cette pathologie s'explique avant tout par la fréquence des rapports sexuels !

Michel est abasourdi.

Et l'autre de continuer de sa petite voix pointue :

— Tout dispose les juifs aux névroses ! Regardez la physionomie du juif : pas de muscles et trop de nerfs !

— Quel sale con !... murmure Michel.

— Taisez-vous ! ordonne sèchement son voisin qui griffonne des notes.

Michel se lève en faisant à dessein un maximum de bruit et quitte l'amphithéâtre.

Sans y réfléchir, il marche vers la place de l'Odéon, entre dans un café et commande un thé. Il est assailli par toutes sortes de sentiments : incompréhension, malaise, colère, inquiétude. Quoi, c'est un scientifique qui parle ? On dirait plutôt un inquisiteur ignare ou un provocateur de la police de l'ex-tsar. Bien des choses peuvent, sur les faibles, fabriquer de l'antisémitisme : la jalousie, la peur d'hommes venus d'ailleurs, la vieille malédiction sur l'argent, une communauté qui apparaît à certains trop soudée et hermétique, une religion aux rites différents... Mais se servir de la science, oh non, pas ça !

S'ils font cela, ils vont gagner. Les masses peuvent se méfier de l'homme politique démagogue mais elles ont une confiance presque aveugle dans les scientifiques. L'homme de science, c'est l'image même du progrès, du libérateur, de celui qui travaille pour la vérité objective et prépare l'avenir.

— Comme en Allemagne... murmure-t-il.

En effet, dix, quinze prix Nobel allemands viennent de rallier le régime nazi, lui apportant une caution morale et validant ses délires. Là-bas, les multiples canailles parent leurs discours des défroques de la raison. Le pire d'entre eux, Alfred Rosenberg, habille sa camelote d'oripeaux culturels et philosophiques. Son pamphlet, *Le mythe du XXe siècle,* est un bréviaire de la haine mais aussi un triomphe en librairie, un des livres les plus vendus après *Mein Kampf* !

Michel se lève et reprend le chemin de son cabinet sans se rendre compte qu'il baisse la tête, accablé.

En arrivant à son cabinet, Françoise ne lui laisse pas le temps de souffler :

— Docteur, Mme Chomsky vient d'appeler ! Son mari ne va pas bien, il vomit depuis ce matin. Elle demande que vous passiez d'urgence.

Les Chomsky habitent à côté. Michel grimpe les deux étages et jette un regard à la mezouza oblique, posée à droite de la porte.

Mme Chomsky l'accueille avec soulagement :

— Docter, mon pauvre Kinder, il est bien malade, vous savéï.

— On parie sur la crise de foie ? Qu'est-ce qu'il a encore mangé, notre Samuel ?

— Docter, presque rien, un pé de blon de poulette, un pé de foie hachéi, un pé de caviar dé l'aubergine et un pé de vatrouchka comme dessert. Alors il vomit. Il va pas mourir, docter ?

— Mais bien sûr que non, madame Chomsky ! Je vous l'ai dit cent fois : avec son diabète, Samuel doit manger moins !

Il entre dans la chambre. Samuel, couché, prend un air coupable. C'est un vieil homme corpulent au regard de cocker.

Michel, ému, regarde tour à tour les deux vieux et sourit et songe : « Le péril juif dans toute sa splendeur conquérante ! »

9

Michel n'y échappe plus : il sent la montée de l'antisémitisme et du fascisme dans ce pays qu'il adore. Ses beaux-parents partagent son point de vue. Seule Georgette affiche une confiance absolue :

— Michel, tu vois des antisémites partout !

La mère de Georgette réplique sèchement :

— Il a raison. N'oublie pas que Michel a échappé une fois à l'enfer.

Et d'ajouter avec douceur :

— Pas toi, ma chérie, tu n'as connu que la sécurité...

Michel et sa belle-mère échangent un regard de connivence : à quoi bon effrayer Georgette qui ne comprendra jamais ?

Michel trouve des paroles plus rassurantes et l'on parle d'autre chose.

Un soir, peu après, tandis qu'il s'apprête à quitter son cabinet, on frappe à la porte. C'est son ami et confrère, le docteur Stievet. Un véritable antifasciste, celui-là. Viscéral. Indiscutable. Définitif.

— Toi ? Entre donc...

— Je te dérange ?

— Mais enfin, Edmond, tu ne me déranges jamais, voyons. Tu prends un café ?

— Tiens, pourquoi pas...

Michel va aussitôt préparer le café, Stievet l'accompagne.

— Tu fais une drôle de tête ! remarque Michel.

Stievet s'assoit sur une chaise, l'air accablé :

— J'en ai marre de t'amener les mauvaises nouvelles mais entre ceux qui te cachent tout parce que ce sont des salauds, et ceux qui font pareil parce qu'ils t'aiment bien, j'ai l'impression qu'on te traite en petit garçon.

Michel dispose les tasses et le sucre :

— Qu'est-ce que tu veux dire ?

— Tu as lu le dernier exemplaire de *L'Étudiant français* ?

— Bien sûr que non.

— Alors écoute ça : « La République est le règne de l'étranger. Elle livre aujourd'hui notre corporation à l'emprise du métèque parasite. Comment se fait-il que le régime permette à des métèques, abusivement naturalisés français, de prendre la place des étudiants en médecine français de souche ? »

— Quelle saloperie !

— Oui, il faudrait qu'on réagisse, ça va trop loin ! répond Stievet.

Une angoisse diffuse s'empare de Michel. La terreur qui habitait le petit garçon de Roumanie lui revient par bouffées empoisonnées. Il va à son bureau, ouvre un tiroir, en sort un journal, un numéro du *Concours médical,* qu'il dépose devant son ami :

— Tiens, Edmond, à toi de lire.

Stievet saisit le journal et lit à voix haute un article cerclé à l'encre rouge, d'une plume nerveuse ou indignée :

— « Tous ces Roumains, ces Polonais, qui sont-ils en réalité ? Tout le monde feint de l'ignorer mais le secret est éventé : il s'agit de juifs ! Ils expliquent par leur pullulement les amphithéâtres bondés par une population typée, ils avilissent la médecine par leurs pratiques mercantiles. Ce sont des parasites reconnaissables aux nez crochus, aux lèvres lippues et aux jambes arquées. »

Edmond repose le journal et regarde Michel dans les yeux. Long silence. Puis l'ami, secouant la tête et rejetant le journal d'un geste d'une infinie lassitude :

— Ça, ça c'est pire que tout.

Michel, d'une pâleur inquiétante, lui répond :

— Ils ont prévu une manifestation à la faculté de médecine. Son thème : « Jetons hors de France la pourriture des médecins métèques. »

— Non ?

— Si ! Je ne voulais pas me mêler de ça, je pensais à Georgette qui va désapprouver, mais ce n'est pas possible, je ne peux pas rester en dehors. Je vais aller m'expliquer avec ces ordures.

— Je serai à tes côtés.

Michel est heureux. Un ami, un vrai, qui l'aime pour lui-même, qui se fiche pas mal qu'il soit juif ou tibétain. Il se sent plus fort, une partie de sa tension disparaît.

Il appelle Françoise :

— Soyez gentille, annulez tous mes rendez-vous pour demain.

La jeune femme blêmit :

— Que se passe-t-il, docteur ?

— Il y a une manifestation contre les médecins métèques... Nous ne sommes pas invités, mais Edmond et moi pensons opportun de faire sentir notre présence...

Les deux hommes échangent un sourire qui ne suffit cependant pas à rassurer Françoise :

— Faites attention, docteur, ils sont très violents, ces gens-là. Ils ont des cannes avec le bout ferré.

Michel a un petit geste agacé. Françoise insiste :

— Votre femme est au courant ?

Michel la regarde avec sympathie :

— De quoi je me mêle, Françoise ?

— Excusez-moi.

— Non, c'est moi qui m'excuse. Mais revivre tout ça, le souvenir...

— Je comprends, docteur. Françoise s'esquive.

— C'est quelqu'un de bien !... remarque Stievet en se levant.

— Viens dîner à la maison, j'appelle Georgette et c'est d'accord. Allez, fais-moi plaisir.

— Mais j'ai renié mon catholicisme, j'ai adhéré au marxisme de la S.F.I.O., au parti de « Blum-Lucifer » : tu es sûr que Georgette va accepter un type comme moi à ta table ?

— Arrête, tu es vraiment trop con !

Ils se sourient avec affection...

*

* *

Le lendemain, Michel et Edmond se retrouvent devant l'entrée de la faculté. L'atmosphère est lourde, le climat tendu. Des « Camelots du roi », bien évidemment pas tous étudiants en médecine, distribuent des tracts et vendent *L'Action française*. D'autres représentants de l'extrême droite sont présents, mais tous cohabitent sans problème : la haine commune est, hélas, elle aussi, un ciment.

De l'autre côté de la rue, des étudiants de gauche sifflent et huent. Un petit commando des Jeunesses communistes fond sur les porteurs d'une banderole « La France aux Français » : la banderole est déchirée, ses porteurs tabassés. Opération éclair : les J.C. se fondent dans les rangs des opposants.

— Efficaces, nos amis les Cosaques ! souffle Edmond.

— Mon fils, en matière d'antifascisme, soyons œcuméniques!... répond onctueusement Michel en se frottant les mains tel un évêque de caricature.

Un peu plus loin, les deux cortèges sont au contact: coups de poing, de pied, cannes ferrées des royalistes, courtes matraques en plomb des communistes. « La France aux Français » d'un côté, « Le fascisme c'est la guerre! » de l'autre.

Michel et Edmond se retrouvent poussés à l'intérieur de l'amphi. Drapeaux tricolores, types en bérets basques du service d'ordre, mines sévères. Mais les gradins sont pleins. Du dehors parviennent des sifflets, des cris, puis *L'Internationale* qui pendant une à deux minutes couvre tout.

Un des meneurs prend la parole:

— Merci d'être venus si nombreux malgré les menaces des juifs et des communistes. Merci pour la France de ne pas accepter que le corps médical soit gangrené par la vermine juive, toute cette racaille balkanique, tous ces épiciers...

D'un côté, applaudissements frénétiques:

— Dehors, les métèques.

De l'autre, les sifflets:

— Fascistes, assassins!

Nouvel orateur à la tribune, un blondinet chétif :

— Mes amis, mes amis : je suis Bernard Cartier et je tiens à vous répéter, comme je l'ai écrit dans mon article de *L'Étudiant français*...

La moitié de la salle se lève d'un seul mouvement :

— Salaud ! Fasciste ! Assassin !

L'autre moitié de la salle applaudit l'orateur, lequel, conforté, reprend :

— Assez de Brjonstein et de Wajnberg qui colonisent la médecine française avec un seul but : s'engraisser sur le dos des malades. Pas de médecine des ghettos en France !

Les partisans de Cartier ont beau être les plus nombreux, les opposants sont tout de même en force et l'orateur n'est plus audible. La réunion tourne au fiasco.

Près de Michel et Edmond, un grand type hurle :

— Mort aux juifs !

Edmond le gifle. Une vraie baffe, appuyée. Le géant chancelle. Ses amis hésitent : Edmond, qui ne les porte jamais, exhibe aujourd'hui sur son veston Légion d'honneur, médaille militaire et croix de guerre : la batterie de l'héroïque ancien combattant. En voyant ces croix cliquetantes et leurs rubans multicolores, Michel ne fait pas de commentaires, mais il trouve d'un chic extrême qu'Edmond arbore tout spécialement pour l'occasion ses décorations glanées sur tous les champs de bataille dans une guerre qu'il désapprouvait pourtant. Il ne s'inquiète pas pour son ami et les conséquences de la gifle : en France, certaines choses sont sacrées. Les héros, par exemple.

Lourde erreur : Edmond est brutalement roué de coups par quatre individus.

Michel pousse un cri terrifiant, un cri qui vient de loin, et se jette sur les fascistes. L'un tombe K-O, l'autre s'effondre sur le sol, les deux autres reculent avec prudence. Plus loin, une bagarre éclate entre une trentaine de jeunes. Des opposants se jettent sur la tribune où l'on se bat là aussi. Cartier fuit, protégé par ses gardes du corps.

Michel tente de remettre Edmond debout. Son ami malmené arbore un faible sourire :

— Ah les vaches, tout de même, qu'est-ce qu'ils m'ont mis : je pisse le sang ! Mais ça a été un plaisir de te voir me... venger.

— Les sales petits cons : ils étaient au jardin d'enfants quand tu gagnais tes décorations à Verdun. Ils ne respectent rien et ça, il faudra s'en souvenir !

Clopin-clopant, ils quittent l'amphi sous le regard attendri d'une étudiante de deuxième année, Paula Bracht. Elle a beaucoup aimé le geste vif et spontané du « monsieur aux médailles » mais elle a surtout adoré la réaction du grand type costaud volant au secours de son ami avec ce cri puissant qui porte toutes les colères, toutes les révoltes, tous les désirs de libération du monde. Jamais encore elle n'avait entendu pareil cri...

Son regard croise celui de Michel. Elle esquisse un petit salut, il lui sourit en retour... Magie ? Ils ne peuvent absolument pas s'arracher l'un à l'autre. C'est Edmond, en trébuchant, qui ramène Michel à la réalité.

Paula Bracht était venue voir jusqu'où pouvait aller l'immondice humain. Elle a découvert qu'en France, il y a tout de même une vigoureuse opposition aux idées de haine. Désignant les deux hommes, elle s'adresse à son voisin, qu'elle ne connaît pas :

— Qui sont-ils ?

— Des médecins, hélas... Le grand est un youpin, Elberg. L'autre fait de la médecine sociale à Vitry-sur-Seine. Mais ne vous inquiétez pas, mademoiselle, ils sont repérés, maintenant.

Elle ne sait pas que le jeune homme s'appelle Trocard, fils du professeur, un pur et dur de l'antisémitisme...

Trocard junior sourit et tente sa chance :

— Et si nous allions boire un verre ?

Elle lui rend son sourire, mais dans une version éclatante :

— Vous m'étonnez : vous iriez boire un verre avec une youpine ? Et que diraient vos amis si dynamiques qui attaquent à quatre contre un ?

Il hausse les épaules et tourne les talons. Pendant ce temps, dans une pharmacie place de l'Odéon, Elberg recoud l'arcade sourcilière de Stievet.

— Applique-toi, pour une fois...

— Faut que les cicatrices se voient, c'est bon pour l'image de marque...

Pour les clients de la pharmacie, cette saynète entre médecins sera l'événement du jour...

10

Entre le cabinet, l'hôpital Rothschild, sa petite famille et l'ami Edmond, il reste peu de temps à Michel pour les choses qu'il aime : les concerts et les expositions. Une au musée d'Art moderne par-ci, un concert à Pleyel par-là, le compte n'y est pas.

Peut-être n'a-t-il pas non plus l'état d'esprit nécessaire, les soucis et les angoisses s'accumulant.

1938, c'est l'année de l'annexion de l'Autriche par Hitler, des protestations du pape contre la persécution des juifs par les nazis, surtout après la célèbre « Nuit de Cristal ». La mobilisation, « qui n'est pas la guerre », mais en donne un avant-goût. Un second ministère Blum est renversé, sonnant le glas du Front populaire. C'est aussi l'abandon de la Tchécoslovaquie par la France et les honteux accords de Munich.

Deux événements contraires bouleversent la vie de Michel. En janvier, Edmond, comprenant que la situation en Espagne va tourner au bénéfice des fascistes, s'engage dans les Brigades internationales. Il se battra jusqu'au bout, même après leur dissolution, et sera de ceux, en 1939, qui regarderont dans les yeux les policiers qui les désarment au passage de la frontière française.

Michel accompagne son ami gare d'Austerlitz. Edmond porte un costume fatigué et une petite valise qui ne l'est pas moins : vieux soldat, il devine que ses vêtements civils resteront dans un dépôt à l'arrière et qu'il ne les reverra jamais, alors à quoi bon ?

À la gare, les policiers fouillent tous ceux qui sont susceptibles de passer en Espagne, Edmond compris.

Pauvre Edmond. Outre sa valise, il doit transporter le gros sac que lui a amené Michel : saucissons, pâtés, conserves, fruits frais...

Ils prennent un dernier verre à la buvette de la gare. C'est difficile de parler. Et de quoi ? Quand un ami part à la guerre, que lui dire si ce n'est d'être prudent. Et que lui taire, si ce n'est qu'on crève de peur à l'idée qu'une balle, un simple bout de ferraille, pourrait mettre un terme à la vie si fragile, si précaire, qu'Edmond est nécessaire, que son amitié est un soutien permanent, que la cause de la liberté a besoin de lui, mais peut-être pas sur le meurtrier front de Madrid...

— Prends soin de Georgette et de la petite ; pour Georgette, c'est toujours prévu pour juin ?

— Oui. Et à ce moment-là, tu seras revenu, couvert de lauriers...

— Ou en rasant les murs avec un bras amputé... Mais en combattant les fascistes là-bas, on les empêche de venir ici.

Michel regarde le fond de son verre :

— Ma place est avec toi, la moitié des Républicains blessés meurent faute de soins, de médecins...

Edmond se fâche, ou fait semblant, mais son visage maigre, aux joues creusées, peut être assez impressionnant :

— En voilà une belle connerie !... Ah que je ne te voie jamais en Espagne, hein ? T'as une famille, t'as tes patients et puis l'enfer, t'en as réchappé en venant de Roumanie.

— Et toi, Verdun, c'était pas l'enfer ?

Un silence :

— Si. Mais moi, Michel, je suis seul. Sans famille. T'es mon seul ami. Depuis la mort de mon chien, j'ai rien, personne. J'ai toujours été maladroit avec les femmes, j'ai jamais su leur parler. Ma vie n'a pas trop d'importance...

— Toi aussi tu peux dire des conneries, tu sais, et des belles ! Les femmes, mais tu vois pas comment elles te regardent ? Tout ce que tu es, c'est sur ton visage. La classe, mon vieux ! Mais t'es impressionnant. Si seulement tu daignais faire les premiers pas...

— Ben alors, heu... Je ramènerai peut-être une Espagnole, une belle orpheline ou une jolie veuve... Tu seras mon témoin de mariage ?

À cette perspective, oubliant qu'on en est bien loin, le visage de Michel s'éclaire :

— La fête que je te ferai ! Tu me laisses tout organiser, hein ? Ah Edmond, ton mariage, ça, on l'oubliera jamais.

Edmond a un regard triste qui échappe à Michel mais il parvient à mettre un peu de chaleur dans sa voix :

— Ça, j'en suis bien convaincu !

Le haut-parleur appelle les voyageurs. Un instant, les deux amis se figent. Edmond prend

Michel dans ses bras, ils s'étreignent longuement, s'embrassent sur leurs joues râpeuses.

Avec la complicité des cheminots de la C.G.T., quelques volontaires montent dans le train côté voies, loin des regards de la police. Edmond se hâte. Sur le marchepied du wagon, il lève le poing, puis sa main s'ouvre et s'agite. C'est alors un au revoir presque enfantin, celui d'un petit garçon perdu qui part vers l'horreur...

Michel agite son mouchoir. Il pleure à chaudes larmes sans même s'en rendre compte. Il se sent soudain très seul...

*

* *

Georgette va accoucher d'un deuxième enfant. Le couple est même d'accord sur le prénom, bien français : Françoise si c'est une fille, Jean-François si c'est un garçon.

Comble de bonheur, la grossesse se déroule sans problèmes. Halphen, le médecin, a cependant une exigence : il ne faut pas que Georgette, d'ordinaire déjà ronde, prenne trop de poids.

À l'approche des examens, les étudiants en médecine se mettent en grève contre « l'invasion étrangère à la faculté ». Michel se sent seul. Même à l'hôpital, on prend la chose avec légèreté tandis qu'à l'approche des périls, racisme et xénophobie semblent s'ancrer plus que jamais dans la société française. Edmond lui manque. Sa longue silhouette mince, son sourire facile, les mots drôles qui lui venaient naturellement, le réconfort de l'amitié... Entre eux, même les silences étaient chaleureux.

Avec Georgette, ils avaient décidé, au début, de « vivre dans la vérité », ne rien se cacher, jamais. Mais il sait que sa femme ne partage absolument pas ses angoisses. Pourquoi l'inquiéter, surtout en ce moment ? Et il n'est pas dupe : dire son angoisse à Georgette, ce serait aussi se soulager, lui, égoïstement. Ce n'est bien entendu pas son genre alors il faut faire autrement.

Il se condamne donc au silence et tant pis si c'est un mensonge par omission. Mieux, il fanfaronne qu'Hitler va se « dégonfler », qu'il va « s'étouffer entre ses discours haineux et sa choucroute ». Il garde tout pour lui et cela le ronge comme un cancer. Qu'importe, il a la certitude absolue de bien agir...

La chambre du bébé est prête.

Georgette souffre, ce mois de juin est vraiment chaud. Et l'agitation de Michel qui peaufine la chambre l'agace un peu : tout ce mouvement lorsqu'elle est immobile...

Un soir, alors que Michel raconte une histoire à Annie pour l'endormir, il entend la voix angoissée de Georgette :

— Michel, vite !... Je crois que je suis en train de perdre les eaux...

Il se montre d'une efficacité absolue. Il appelle la clinique, fait monter la fille de la concierge pour s'occuper d'Annie, empoigne le sac préparé « en cas d'urgence », porte Georgette davantage qu'il ne la soutient vers l'ascenseur puis vers la voiture qui les mène à la clinique. Pas un instant de perdu !

Ils arrivent dans les temps, mais sans rien de trop !

11

Dans la chambre de la clinique, un magnifique bouquet de fleurs trône sur la table de nuit. Michel, fatigué, est assis sur une chaise, près du lit de Georgette. Ils viennent de parler de Jean-François, leur bébé, pendant plus d'une heure. Sujet inépuisable, car c'est vrai qu'il est fort beau. Mais Georgette sent qu'il y a quelque chose qui tracasse Michel. Ses questions se font plus précises.

— Comment va Annie ?

— Très bien, très bien. J'ai été la chercher à l'école...

— Tu ne travaillais pas ?

— Je m'étais arrangé.

Air soupçonneux de Georgette :

— Tu es bien certain que tout va bien ?

— Mais absolument. J'ai eu une lettre d'Edmond. Tu sais, il est devenu chirurgien, comme ça, sur le tas. Ils opèrent à la chaîne, comme ils peuvent, ils manquent de tout...

— Envoie-lui un colis, ses fameuses cigarettes américaines qu'il affectionne tant : ça m'étonnerait qu'il en trouve en Espagne !

— Il m'a dit de ne rien envoyer, tout se perd, rien n'arrive. Pas même les pulls et les gants du paquet de février...

Georgette, rêveuse, imagine sans doute Edmond dans le bourbier espagnol...

Michel, lui, repense à une scène qui vient de se produire et qui le bouleverse. Avec Annie, il s'est passé quelque chose de terrible.

Michel attendait sa fille à la sortie de l'école : Annie lui fait un petit signe, puis, apercevant un groupe d'enfants, elle s'élance pour embrasser une amie. Mais le père de celle-ci la repousse en disant :

— Ne touche pas à Marie-Jeanne ! Allez, file !

Michel s'approche. Assez pour entendre le père dire à son enfant :

— Je ne veux pas que tu fréquentes cette petite juive, c'est bien compris, Jeannou ?

— Mais c'est mon amie, Papa !

— Non, c'est une juive. Et tous les juifs sont malades.

Michel regarde le type dans les yeux :

— La petite juive, c'est ma fille. Et si elle était malade, je le saurais : je suis médecin !

— Possible. Mais je ne veux pas qu'elle s'approche de la mienne. C'est comme ça !

Michel le saisit au col. Sa main redoutable soulève légèrement l'homme.

— Espèce de salaud !... « Petite juive », c'est dans cet esprit que tu élèves ta fille ?... Mais tu n'as même pas honte ?

L'homme, le souffle court, parvient difficilement à articuler une réponse :

— Lâchez-moi ou j'appelle la police !

Annie qui fond en larmes, des gens qui s'approchent. Michel le laisse tomber, à regrets : il aurait aimé flanquer son poing dans la figure de ce salopard.

Mais il n'est pas question de raconter tout cela à Georgette.

Plus tard, peut-être, mais pour l'instant, il faut la protéger, au prix d'un mensonge de plus. Par omission : pas forcément le plus excusable !

Georgette ne s'est pas aperçue de son trouble.

— Dis, veux-tu que mon cousin le rabbin vienne pour Jean-François, enfin, pour...

— On a bien le temps. On en reparlera à la maison, quand tu seras sortie.

— Comme tu veux.

Il se penche vers elle et l'embrasse sur le front en disant :

— J'ai vu Halphen. Qu'est-ce que c'est que cette histoire de jambe douloureuse ?

— Rien de grave ; je ne voulais pas qu'il t'en parle, tu t'inquiètes si vite... Depuis hier, j'ai une petite douleur derrière la jambe gauche. Il n'a pas eu l'air inquiet, il me trouve juste un peu trop grosse...

— Je vais regarder.

Michel écarte les draps, palpe les mollets de Georgette, fait bouger les pieds. Elle grimace. Il semble préoccupé :

— Je vais appeler Halphen.

— Mais non, je t'assure, ce n'est rien.

Michel doit quitter la chambre pour cause de toilette et de tétée. Une fois encore, il cache cette vague angoisse qui l'a brusquement saisi et dit très tendrement au revoir à sa femme.

Le soir, après la consultation, il reste au bureau, attendant le coup de téléphone d'Halphen.

La lumière décline. Enfin, la sonnerie. Michel prend les devants :

— Je sais cela, Halphen, mais j'ai trouvé la jambe de ma femme œdématiée et chaude. Elle a eu très mal lorsque j'ai touché son mollet. Je suis inquiet.

— Cher ami, c'est une petite phlébite.

« Petite phlébite », Michel trouve que c'est un euphémisme. Il interrompt son confrère :

— Elle est très essoufflée...

Halphen le rassure une nouvelle fois.

*

*   *

Une matinée magnifique. Un temps à être heureux...

Mais Michel est au chevet de Georgette. Essoufflée, elle porte un masque respiratoire tandis qu'une bouteille d'oxygène est installée à côté du lit.

La porte de la chambre s'entrouvre. C'est Halphen. Pour ne pas affoler Georgette, Michel masque sa colère et tente de ne pas trop hausser le ton :

— Expliquez-moi ce qui se passe.

— Écoutez, Elberg, votre femme a été surveillée avec la plus grande attention, comme toutes mes autres patientes. Elle a dit à mon équipe...

— Qu'est-ce que c'est que ça, « votre équipe » ?... Vous n'êtes pas venu personnellement ?

— Je comprends votre nervosité mais vous devez nous faire confiance. Vous allez m'attendre dans le petit salon, au bout du couloir, et je viendrai vous voir en sortant d'ici mais ne vous en faites pas comme ça.

Michel se lève, rétif. Il va pour sortir mais hésite encore, regardant Georgette qui lui sourit derrière son masque à oxygène. Elle remue les lèvres. Michel revient aussitôt sur ses pas :

— Qu'est-ce que tu veux me dire, ma chérie ?

— Laisse faire Halphen. Plus vite on l'écoutera, plus vite je sortirai d'ici... Tu sais, moi aussi j'ai hâte de me retrouver à la maison !

Michel sort sans discuter et gagne le salon. Il ignore les chaises qui servent de station de repos aux accouchées lorsqu'elles font leurs premiers pas hors de la chambre. Il marche de long en large, mains derrière le dos.

Au bout d'un moment, Halphen, vient le rejoindre :

— Bon, c'est très certainement une petite atteinte pulmonaire. Mais son pouls n'est pas trop rapide, elle n'est pas fébrile et elle se sent mieux depuis qu'elle est sous oxygène.

— Mais encore ? demande Michel d'une voix hostile.

— Nous allons surveiller la suite de près, ne vous en faites pas. Allez lui dire bonsoir, rentrez tranquillement chez vous et je vous appelle demain pour que nous fassions le point.

Michel se conforme aux consignes. Ne pas faire de vagues, épargner Georgette à tout prix, ne pas lui transmettre sa panique. Il va l'embrasser avec beaucoup de tendresse, puis, toujours incertain, repart en voiture. Il conduit machinalement. Il se souvient des propos d'un de ses patrons de stage, lorsqu'il était étudiant à Lille : « Il n'y a bien entendu pas de petites embolies pulmonaires. Vous devez savoir que le caillot peut migrer et s'étendre à tout moment. C'est alors que l'essoufflement remarqué devient asphyxie... »

La panique, de nouveau. L'envie de faire demi-tour, de retourner à la clinique...

En arrivant chez lui, la première chose qu'il remarque c'est le visage décomposé d'Odette, la fille de la concierge. Elle ne peut masquer son inquiétude :

— Docteur, vous devez rappeler la clinique. Ils ont dit « extrême urgence » !

Michel se jette sur le téléphone. Il lui semble qu'on met une éternité à lui répondre.

— Docteur Elberg, à l'appareil. Eh bien quoi, vous cherchez à me joindre ?

On lui demande de ne pas quitter. Là encore, l'attente est très longue. Enfin, c'est Halphen :

— Eh bien quoi, Halphen ?...

Odette, la discrétion même, n'est pas parvenue à quitter les lieux. Elle écoute les paroles de Michel, guette l'expression de ses traits. Mais la voix de Michel se brise :

— Quoi ?... Oh non, Halphen, pas ça, ce n'est pas possible !... Non. Oh mon Dieu, ce n'est pas possible...

Michel raccroche le téléphone et s'assied, l'air perdu. Il reste prostré une longue minute puis se lève précipitamment.

12

La vie de Michel a basculé.

Il est veuf avec une petite fille de cinq ans et un nourrisson. Mais surtout, en perdant Georgette, il a le sentiment qu'il vient de perdre tous ses repères. Il ne supporte plus l'avenue de Versailles, le cabinet de dentiste qui s'empoussière – il interdit qu'on y pénètre –, les souvenirs qui l'assaillent à chaque pas. Il prend le parti d'expliquer à Annie ce qui s'est passé. Il attendait la question, elle finit par arriver :

— Où est maman ?

Et de lui parler du ciel pendant des heures, si bien que la petite fille, tenant la main de son père, regarde souvent vers les nuages rosissant comme si elle allait y distinguer le visage tant aimé de sa mère.

Il lui épargne le cimetière, la vue du caveau de famille, les cordes glissant sous le cercueil, les pelletées de terre...

Il est conscient de ses carences, de ses absences, de son impossibilité à s'occuper des deux petits qu'il confie à ses beaux-parents.

Il quitte l'avenue de Versailles et s'installe une chambre rue de Moscou : c'est bien suffisant pour y abriter son chagrin et sa solitude. Il continue ses consultations à son cabinet et à l'hôpital, avec conscience et savoir-faire, mais au cabinet, il perd des clients.

Un jour, il s'aperçoit que Françoise a pleuré. Il est moins patient qu'auparavant :

— Allons, pas de mômeries : qu'est ce qu'il y a encore ?

— Un coup de téléphone, une voix d'homme... Il a dit : « Fermez ce cabinet de métèques et retournez chez vous, bande de youpins, ou on vous fera comme Hitler. Les youtres, lui, il sait les prendre. »

Il s'étonne presque de son calme :

— Un con de plus, ma pauvre Françoise, rien qu'un con de plus.

Dans le quartier, certains ne le saluent plus. Il en parle à Mileschberg, un confrère O.R.L. installé depuis vingt ans deux rues plus loin : même désertion de la clientèle, même constat. Cela ressemble fort à un boycott des médecins juifs.

Michel profite de ses loisirs forcés pour voir ses enfants le plus souvent possible. En outre, ses vacations à l'hôpital Rothschild lui apportent la preuve qu'il demeure un bon médecin, ce qui a sur lui un effet extraordinairement apaisant. À l'hôpital, son patron, au courant de la situation, essaye de l'aider en lui faisant envoyer des patients rue de Moscou, via le secrétariat du service. Mais un confrère « nationaliste » dénonce le procédé. Le patron est convoqué par le directeur et essuie une « engueulade » très sèche : le détournement de clientèle constitue une faute professionnelle grave. Il s'incline.

Michel a l'impression de tituber dans sa propre vie. Il ne fait plus attention aux saisons qui se succèdent. Le temps n'a plus aucun sens. Pourtant, un autre événement aurait pu lui donner le coup de grâce, n'était son formidable désir de vivre.

On est en 1939, déjà. L'Espagne républicaine est vaincue. Des centaines de milliers de réfugiés se pressent aux frontières de la France qui construit des camps en toute hâte...

Parmi ce peuple vaincu, partageant ses souffrances et suite à l'écroulement du front de Catalogne, il y a Edmond Stievet, l'ami, le grand frère.

Il porte un uniforme de lieutenant-colonel. Des officiers subalternes français, qui n'ont jamais vu le feu, le convoquent : ce colonel, ancien de Verdun, inscrit en médecine en 1919 grâce aux facilités offertes aux anciens combattants, couvert de décorations ! On lui prend ses papiers : papiers français, copie de diplôme, livret militaire espagnol. On ne les lui rendra jamais. Comme il fait très froid, on lui vole sa lourde capote militaire et sa vareuse : il n'est même plus officier. Comment le prouver sans uniforme ni papiers ? Il n'est plus qu'un type en chemise qui claque des dents derrière des barbelés en plein mois de février.

Il parvient à prévenir Michel et des camarades de la S.F.I.O. Michel arrive le premier...

Il reconnaît à peine son ami, maigre à faire peur, qui crache du sang, tremble de fièvre et ne peut plus marcher, ou alors, comme un vieillard, lentement, pas à pas.

Avec ce sourire dont il ignora toujours le charme, Stievet lui dit d'une voix cassée :

— Tu en penses quoi ?

— Mais... que font-ils, ici ?

— Rien. J'ai dit à l'interne de garde au camp que j'avais une pneumonie, il a répondu que je n'étais pas médecin : cocasse, non ?

— Je te sors de là, Edmond !

Michel s'apprête à secouer la planète entière, Edmond le retient :

— Attends... Je veux que tu entendes ça de ma bouche : on leur a pas fait de cadeaux, aux fascistes. Et puis, c'est idiot, vois-tu, mais je voudrais qu'on s'embrasse encore avant que tu partes...

Ce que Michel lit dans le regard d'Edmond correspond à ce qu'il pense, mais cette fois, après Georgette, il croit pouvoir être plus rapide et plus fort que la mort.

Tout arrive en même temps : l'ambulance, la demande signée de transfert, le député socialiste du coin hurlant au scandale... Mais c'est trop tard : Edmond meurt dans les bras de Michel.

Il repart seul. Le train, la gare d'Austerlitz, la buvette, leur dernier verre ensemble et leur ultime conversation avant séparation, la petite valise, les volontaires montant du côté des voies... Il a envie de hurler que c'est trop et trop vite pour un seul homme.

*

* *

Après la Pologne, la Hollande et la Belgique, la France s'effondre à son tour comme un château de cartes sous l'assaut des panzers. À la défaite s'ajoute l'exode, plus pathétique encore : des millions de Français errent sur les routes, impitoyablement canardés par les redoutables Stukas.

Les enfants sont à Biarritz avec leur grand-mère.

Michel, lui, a choisi de rester dans un Paris vide, désert. Il croise un troupeau de vaches sur les grands boulevards en se demandant si tout cela n'est pas un – mauvais – rêve.

C'est un spectacle saisissant, inoubliable, une ville morte. Partout, les volets sont fermés. Paris, déclarée « ville ouverte », attend l'envahisseur dans une incroyable torpeur, un impressionnant silence, comme si elle avait été frappée par la peste. Et au fond, c'est bien cela : « la Peste Brune », comme disait Edmond !

Bien entendu, les Allemands sont au rendez-vous. Avant-garde de motocyclistes précédant le gros des troupes. À de rares exceptions près, les Parisiens qui n'ont pas fui leur ville réservent un accueil glacial aux Allemands qui n'en semblent pas affectés outre mesure. Après tout, la ville, c'est-à-dire l'essentiel, est à eux. Les lieux de plaisirs vont rouvrir parmi les premiers. Si certains journaux choisissent courageusement de se saborder, d'autres acceptent de paraître sous contrôle allemand. La radio, la fameuse T.S.F., en fait autant. Michel est surpris de la servilité de tous ces journalistes, de cette chute dont la profession ne se remettra jamais tout à fait.

À Vichy, les deux chambres sont réunies... à la notable exception des communistes, cachés ou en prison. Elles votent les pleins pouvoirs à Pétain, l'abolition de la République, la création de « l'État Français ». Seuls quatre-vingts courageux parlementaires ont assez de fermeté d'âme, malgré les multiples pressions et menaces, pour voter « non ».

Si Pétain a jamais été quelque chose, aujourd'hui, il n'est plus rien : à peine deux heures de fragile lucidité par jour. Il est donc facilement manipulable. Son entourage, une clique d'extrême droite, un ramassis de « cagoulards », fascistes à peine dissimulés, y travaille : pour eux, cette défaite française sans précédent, c'est « la divine surprise » comme le dira Charles Maurras. Et l'heure de la revanche.

Les lois antisémites déferlent, et avec elles tout un tas d'interdictions professionnelles. Même l'accès chez les commerçants devient problématique ; des écriteaux significatifs sont placardés aux devantures : « Maison française, entrée interdite aux juifs ».

Quand aux Français tentés d'entrer dans des magasins tenus par des juifs, ils en sont écartés sans douceur par des jeunes gens qu'on ne nomme pas encore « collabos ». Bientôt, ces magasins devront afficher « Entreprise juive-*Judisches Geschaft* ». Même les espaces de jeux, dans les squares, sont interdits aux « enfants juifs ».

Cet été-là, Michel se voit privé de sa clientèle devenue des plus clairsemées, tandis qu'à la faculté des professeurs n'ont pas honte d'enseigner « les pathologies mentales de la race juive ». Le pays est K-O, Michel ne vaut pas mieux. Il réagit peu. L'éternelle révolte semble envolée. À l'image du pays, il baisse la tête. Des amis lui proposent des réunions, des plans, des projets : il hausse les épaules. Par bonheur, son seul bonheur, il parvient à voir ses enfants assez souvent. Mais ils ont du mal à reconnaître leur père en cet homme méfiant qui cherche à surtout ne pas se faire remarquer, presque à raser les murs. Il faut céder le trottoir aux vainqueurs...

Et c'est vrai qu'ils sont jeunes, souvent blonds, éclatants de santé. Leurs uniformes sont bien coupés, ils ont de l'argent plein les poches. Il ne fait pas bon leur résister : pour une simple bagarre gare Saint-Lazare avec les occupants, le jeune ingénieur Jacques Bonsergent est fusillé dans le bois de Vincennes, et nous ne sommes qu'en 1940, période « gracieuse » de l'occupant !

Les 20 et 21 août 1940, toutes les vitrines des magasins juifs des Champs-Élysées sont brisées sous l'œil amusé des Allemands tandis que la police française regarde ailleurs. On abolit le décret-loi Marchandeau qui interdisait l'injure raciste. Au sein d'une certaine presse française, on atteint au délire anti-juif. Le journal *Au Pilori* titre : « La chasse est ouverte ».

À l'autre bout de la ville, Paula Bracht, la jeune fille qui avait adressé à Michel un petit signe lors de la fameuse bagarre, tourne en rond dans son studio : quoiqu'en dernière année, elle vient de se voir interdire l'entrée de la faculté.

L'automne arrive. Le premier d'une si longue occupation...

13

Michel est finalement radié de l'ordre des médecins.

Un coup de plus, mais quel coup ! Ces nuits d'études, ces diplômes durement acquis, son rêve de rendre par l'exercice de la médecine ce que ce pays lui avait donné : envolé ! À quoi bon être venu de Roumanie, avoir bravé tant de dangers pour gagner la plus belle démocratie du monde... qui le rejette avec mépris et devient une dictature ?

Le téléphone demeure muet, sauf pour cracher des insultes.

Il est seul, désespérément seul dans le cabinet-appartement de la rue de Moscou. Il tourne en rond. La fidèle Françoise s'est repliée dans le Berry pour y rejoindre ses parents.

Il pose sa tête sur ses bras croisés sur le bureau et se laisse aller à pleurer. Sa vie était si belle voici encore peu de temps : Georgette, qui certes ne comprenait pas tout mais l'apaisait, Edmond l'antifasciste exemplaire et sa vigilante amitié, le bel appartement de l'avenue de Versailles, un métier qu'il adorait au point de mettre au rang de privilège le simple droit d'exercer... Tout est parti en fumée ! Au moins, en Roumanie, il n'y avait aucun espoir, il n'avait jamais approché ses lèvres de la coupe du bonheur tandis qu'ici, aujourd'hui, il mesure tout ce qu'il a perdu.

On sonne à la porte. Inquiet, méfiant, Michel va ouvrir et tombe nez à nez avec un de ses plus fidèles clients.

— Monsieur Lagrange ! Venez, entrez dans mon bureau... Vous savez, je ne suis plus médecin, car j'ai été radié. Je n'ai plus le doit d'exercer, mais si je peux vous donner un conseil, vous aider...

Lagrange ne répond pas et le suit dans le bureau. Là, brusquement, il donne l'accolade à Michel et lui dit d'une voix brisée par l'émotion :

— Docteur, au nom de la France, je vous demande pardon !

Les deux hommes se regardent. Jusqu'au fond de l'âme, de la conscience, de ce qu'ils ont l'un et l'autre de plus pur, de plus sacré. C'est d'une extraordinaire intensité. Les mots ne sont même plus nécessaires.

Lagrange exorcise peut-être sa honte, celle de son pays, de ceux qui, en usurpateurs, le dirigent aujourd'hui « au nom du peuple français ». Il défend une autre idée de la France, celle, sans doute, qui souffre le plus de devoir s'agenouiller devant le fascisme triomphant et son cortège de guerre, de malheurs, d'humiliations...

Michel, lui, trouve dans ce regard-là bien mieux qu'un réconfort, mieux qu'une revanche : la certitude qu'il avait raison, qu'il ne s'était pas trompé en choisissant ce pays, que tout était vrai, possible et potentiellement merveilleux.

Il oublie ce qu'il subit depuis des mois de la part des habitants du quartier, de ses anciens patients qui détournent la tête en le voyant, de la concierge, jadis si mielleuse et qui ne répond plus aujourd'hui à son salut que par un grognement hostile, de ces commerçants chez lesquels il allait et qui affichent aujourd'hui « Maison française interdite aux juifs »...

Lagrange desserre son étreinte et gagne tête basse la porte d'entrée suivi par Michel en pleurs :

— Ne pleurez pas, docteur, vous ajoutez à ma honte.

— Je pleure, mais c'est d'émotion... Vous ne savez pas ce que vous venez de me donner, monsieur Lagrange.

Lagrange regarde autour de lui, presque par habitude, comme si la méfiance devenait une seconde nature puis, à voix basse :

— Docteur, j'ai trente-huit ans, vous savez que je suis en forme.... Grâce à une filière, je pars à Londres rejoindre de Gaulle. Je vais me battre aux côtés des Français libres. Venez avec moi, nous avons besoin de vous si nous voulons un jour libérer ce pays que vous aimez autant que moi et qui est le vôtre.

— Je vais y réfléchir, monsieur Lagrange...

La porte se referme. Pour la première fois depuis longtemps, très longtemps, Michel est heureux.

*

* *

Le coup de grâce est porté, trois mois plus tard, par un jeune confrère. Ayant toutes les qualités requises pour exercer, ce dernier écrit au maire de l'arrondissement pour lui demander l'autorisation de prendre à son compte le cabinet de « l'ancien docteur Elberg » lequel, destitué comme médecin « juif-métèque », n'a plus rien à y faire.

Le maire s'empresse d'accorder cette autorisation. Le jeune et fringant médecin propose alors à Michel de lui racheter sa clientèle. Certes, une bouchée de pain, mais, précise-t-il aussitôt :

— Par les temps qui courent, c'est mieux que rien. J'oserais même dire que je me montre généreux.

La mort dans l'âme, Michel dévisse lui-même sa plaque, se souvenant parfaitement du jour où elle avait été posée, de sa fierté alors, de son bonheur enfui...

Au début de l'année 1941, après des petits travaux « au noir » mal payés, un médecin lui propose de travailler comme salarié en tant que kinésithérapeute. Il n'a pas d'autre choix que d'accepter, partant tôt le matin de sa petite chambre pour ne pas croiser son ancienne clientèle qui se presse chez son jeune successeur.

La situation dure ainsi quelque temps.

Un matin, au courrier, il trouve une lettre contenant un papier vert : « M. Michel Elberg est invité à se présenter accompagné d'un membre de sa famille le 20 juin 1941, au commissariat de son arrondissement, pour examen de sa situation. Prière de se munir de pièces d'identité. La personne qui ne se présenterait pas aux jours et heures fixés s'exposerait aux sanctions les plus sévères... »

La peur...

Il appelle Sam Karman, un ami de l'hôpital Rothschild : même papier, même convocation, même heure au commissariat de la rue de Lisbonne. Ils décident de s'y rendre ensemble : c'est cela ou la clandestinité. Clandestin... mais pour aller où ?

Toute la nuit, Michel se prépare à l'entretien, invente questions et réponses. Pourtant, le lendemain, rien ne se passe comme il l'avait prévu. Sam et lui sont aussitôt séparés. Il doit prendre place dans une longue file d'attente. Les policiers hurlent en brandissant leurs matraques, confisquent les grosses valises que certains ont amenées, s'énervent des cris et des pleurs des gosses, des plaintes des femmes, de ces familles qui font trop de bruit. Un vieil homme demande à Dieu, en yiddish, de le laisser mourir...

L'attente est interminable.

Pour la première fois depuis longtemps, très longtemps, Michel sent monter en lui une violente colère.

Enfin on le pousse dans une pièce, face à un policier en civil, un petit moustachu qui ne lève même pas la tête à son arrivée.

Michel tire une chaise pour s'asseoir, l'autre aboie :

— On reste debout !

— Pourquoi ?

— Silence ! Donne le papier vert !

— Monsieur l'inspecteur, je suis en droit...

— Silence ! Allez, nom, prénom, profession, situation de famille, allons, au trot !...

— Elberg, Michel, français, médecin, demeurant 38 rue de Moscou, veuf sans enfants.

L'autre lève la tête, surpris :

— Pas d'enfants ? Pourtant, les juifs, ça pond ! Alors médecin, hein ? Et tu te dis français ?

— Oui.

— Oui monsieur l'inspecteur.

— Je suis français, monsieur l'inspecteur.

— Français, tiens donc : et depuis quand ?

— 1932.

— Alors c'est de la merde ! D'ailleurs, t'es sur notre fichier des juifs, tes collègues nous ont informés. Va attendre dans la grande salle qu'on vérifie ton baratin. Et si c'est correct, change pas de domicile sans prévenir, compris ?

On l'emmène dans une salle bondée. Cette fois, les gardes mobiles renforcent la police... à coups de crosses et d'injures antisémites. Pas d'eau, si ce n'est le lavabo des toilettes déjà bouchées. L'odeur est infecte dans cette chaleur insupportable.

Michel réfléchit sur le sens de cette convocation. Il lui apparaît que c'est davantage qu'un recensement, un repérage. Ils peuvent l'arrêter quand ils veulent, lui et tous les autres. Mais pas cette fois, pas encore. On le relâche.

Pour combien de temps ?

Le lendemain, 21 juin 1941, sans déclaration de guerre, l'Allemagne nazie attaque par surprise l'Union soviétique. « L'ambiguïté » du pacte de non-agression est levée. L'hystérie s'empare des esprits : la croisade anti-bolchevique, la grand-messe, « l'Europe blanche » contre les « hordes asiatiques » ! Pendant quelques jours, mais quelques jours seulement, on en oublie presque les juifs.

Michel réfléchit. Froidement. Avec intelligence. Et il en conclut que les choses vont changer. Fatalement, et en mieux. Par l'hôpital, et surtout par

Edmond, il a connu des communistes. Jamais ceux-ci ne laisseront attaquer l'U.R.S.S. sans réagir. Il lui apparaît certain que les flics de Vichy vont se heurter à forte partie. Tant mieux, c'est autant de moins consacré à la chasse aux juifs!

Quant à l'U.R.S.S... En tant qu'ancien Roumain, il sait que le géant est redoutable. Qu'il peut encaisser longtemps et beaucoup. L'erreur du tsar, c'est de n'avoir pas su transformer le conflit en guerre patriotique : Staline ne fera pas la même bêtise, il est trop habile... Michel est à présent persuadé que l'Allemagne vient d'entrer dans une longue phase suicidaire. Sa survie, la survie de tous les juifs de France et d'ailleurs ne dépend que d'une chose : le temps.

Du temps, on ne lui en laisse pas assez. Il est pris lors des rafles de l'automne et emmené au camp de Compiègne...

14

Le vieux camion bâché, un antique Citroën, cahote sur les petites routes de l'Oise, en bordure de la grande forêt.

Fusil entre les jambes, mains crispées sur le fût du canon, un gendarme mobile d'un certain âge, moustachu, fait face à Michel. Comme celui-ci, il est assis sur les ridelles. Un gendarme plus jeune, à peine vingt ans, se trouve à côté du médecin et ronfle comme un sonneur, le képi incliné sur le côté. Au fond du camion, deux cercueils de sapin clair, heureusement vides, voisinent avec des caisses de carottes et d'autres légumes frais.

Le vent de la course fait claquer la bâche d'un triste vert olive, amenant un peu de fraîcheur en ce début d'août 1942.

Le gendarme ouvre un sac de cuir, en sort un énorme sandwich et mord dedans avec résolution.

Pour ne pas le mettre mal à l'aise – toujours cette fichue courtoisie – mais aussi, peut-être, pour ne pas saliver, Michel détourne les yeux. Il règne une curieuse odeur dans le camion, mélange du sapin des cercueils, de pâté de campagne et d'huile chaude car le moteur paraît à bout de souffle.

Michel sursaute en entendant la voix à fort accent du Cantal du gendarme :

— Vous avez faim ?

Cette question inattendue, à quoi s'ajoute le vouvoiement, fait immédiatement comprendre à Michel que le militaire n'est sûrement pas le dernier des salauds. Peut-être même est-il beaucoup mieux que cela...

Il s'efforce de répondre d'une voix chaleureuse :

— Merci de vous en soucier. Faim, vous savez, on a toujours faim quand on est prisonnier...

Le gendarme, qui s'apprête à partager son sandwich, semble pris d'un scrupule :

— Hem... Vous êtes juif, je crois... C'est du porc, vous savez...

— Je n'ai jamais été pratiquant.

— Ah, moi non plus, ça non ! La calotte, c'est pas mon truc !

Tout en parlant, il coupe le sandwich en deux et en tend une moitié à Michel, confus :

— C'est vraiment gentil à vous...

— Non, c'est peu de chose !... répond le gendarme moustachu. Alors comme ça, qu'est-ce que vous faisiez avant ?

— J'étais médecin. Il paraît que je ne le suis plus.

— Mais vous êtes français ?

— Oui. Et mon diplôme aussi.

— Ah, c'est malheureux de voir ça... Vous savez, nous, on est des militaires mais on n'est pas tous d'accord avec ce qu'on nous fait faire. Seulement l'armée, faut fermer sa gueule, hein. Pas le choix.

Il hésite un instant, mord dans son sandwich puis, l'air soucieux :

— Et comment ça se fait-y que vous êtes parti de Compiègne après les autres ?

— À cause du lieutenant Hans Grüber. Il avait une maladie... Une de celles qu'on attrape parfois avec les prostituées. Alors, j'ai dû continuer à le soigner...

Le gendarme rit, son gros corps secoué par l'effort, mais il ne lâche pas son demi-sandwich :

— Vrai, la putain qui lui a passé ça, c'est une patriote ! Une sacrée chaude-pisse... française !

— Chaude-pisse, heu, c'est un peu plus compliqué que ça. Mais c'est l'esprit. En tout cas, il voulait de la discrétion. Dans leur armée, c'est puni, les maladies honteuses.

— Ah, ben je comprends mieux. Le Grüber, remarquez, c'était pas le plus vache. La preuve, il vous a sûrement fait réclamer parmi les juifs, que vous allez retrouver, avec l'accord des autres boches : vont avoir besoin de docteurs.

— Où est-ce qu'on m'emmène ?

— Ça, normalement, je dois pas vous le dire, mais... C'est à Drancy. Il y a eu une rafle, une rafle énorme à Paris. D'abord, ils les ont mis au Vel'd'Hiv vu que des juifs, à ce qu'il paraît, ils y en avait dix ou quinze mille. Et des femmes aussi, des enfants, des p'tits vieux... Et on peut pas les mettre tous aux camps de Beaune-la-Rolande ou Pithiviers...

Michel est tour à tour stupéfait puis anéanti. Il lui est impossible de comprendre les raisons de cette très brutale accélération de la répression.

Depuis le début de cette année 1942, les choses ne vont pas si bien qu'il y paraît pour les Allemands. La Wehrmacht a échoué devant Moscou et Leningrad. L'AfrikaKorps de Rommel alterne défaites et victoires, mais sans percer jusqu'au Caire. Un doute se fait jour chez les nazis... C'est une raison de plus, pour Hitler, de mener sa double « croisade » : extermination totale des juifs et des communistes. Les premiers, on en déporte, on en massacre et on en fusille dans toute l'Europe et bien entendu en Union soviétique. Que l'Allemagne triomphe ou qu'elle succombe, et surtout dans ce dernier cas, les juifs doivent disparaître de la surface de la terre. C'est la « mission » suprême qu'Hitler s'est fixée.

C'est dans ce but qu'au début 1942, lors de la conférence de Wannsee, est adopté le principe de l'extermination totale. Dès le mois de mai, la Gestapo a planifié la déportation des juifs de France, de Hollande et de Belgique. Peu après, les juifs de « plus de six ans » sont contraints au port de l'étoile jaune. En juillet, c'est la grande rafle du Vel'd'Hiv : douze mille arrestations. Trois mois plus tard, il n'y aura plus de « zone libre », la Gestapo sera partout chez elle en France et les fugitifs, juifs et résistants, n'auront même plus l'illusion d'une vague protection.

Le gendarme, dans un dernier bruit de mastication, achève son sandwich et essuie sa moustache d'un revers de main.

— De toute façon, Grüber ou pas, ils ont besoin de docteurs : vous allez avoir du boulot avec cette marmaille et tous ces gens.

— Vous êtes affecté au camp ? demande Michel qui rêve déjà de « résistance » avec ce gendarme bonasse, et peut-être avec d'autres qui n'ont pas encore passé le pas.

— Ah, c'est pas comme ça que ça marche, à Drancy. L'administration, c'est le ministère de l'Intérieur, la préfecture de police, quoi, mais le pouvoir, c'est bien les boches. Nous, la gendarmerie, on est seulement affectés à la garde extérieure du camp. Y'en a qui disent que c'est pour que la France soit là quand même et d'autres qui répondent que les boches, ils veulent nous mouiller dans leurs saloperies. De toute façon, mon escadron va être relevé pour aller faire du « maintien de l'ordre » contre les maquis du Limousin : je sens encore qu'on va pas faire trop de zèle...

Il adresse un clin d'œil à Michel en riant de bon cœur mais, voyant l'air tendu de son interlocuteur, il ajoute :

— Je vous donnerai juste un conseil, docteur : faites-leur sentir à tous qu'ils ont besoin de vous, sinon, c'est le wagon plombé pour l'Allemagne et ce qui arrive après, on sait pas trop... ou on veut pas le savoir, c'est du kif.

— Merci !... répond Michel conscient de la valeur de toutes ces informations mais ayant du mal à les ordonner. C'est trop et trop vite.

Il a une vague idée de ce qu'il va trouver : un endroit où on a besoin de lui. Il sait aussi ce qu'il quitte...

Le camp de Compiègne, situé à Royalieu, comptait une majorité d'internés juifs français. Des notables : avocats, architectes, médecins, universitaires... C'est là, malgré les circonstances, la faim et le froid, que la plupart de ces hommes, jusqu'ici presque totalement indifférents à leur judéité mais que les persécutions entraînaient à reconsidérer les choses, ont débattu et discuté avec passion.

Certains, parmi les juifs étrangers, et surtout les juifs allemands, étaient directement passés des camps de la IIIe République aux camps administrés par les nazis. Un juif allemand lui avait raconté son exode de 1933, la vague d'immigration allemande dès l'incendie du Reichstag. Juifs, mais aussi militants de gauche, pacifistes, socialistes, communistes, anarchistes, monarchistes, républicains, catholiques, syndicalistes, conservateurs, intellectuels... Et allemands. Aussi, Daladier, le président du Conseil, n'avait pas fait de détails, et, dès la déclaration de guerre, ceux qui se trouvaient en France furent internés dans des camps dont les clés, bien souvent, furent remises aux vainqueurs nazis. Une infamie de plus...

Mais qu'importe, à présent, puisqu'il faut faire face au jour le jour sans trop s'interroger sur le passé.

— On arrive ! lance le gendarme moustachu puis, après un signe de connivence à Michel, il réveille son jeune collègue, lequel remet son képi d'aplomb et se frotte les yeux en disant :

— Ah, j'ai rêvé...

— Et t'allais où, comme ça ? demande son chef moustachu.

L'autre se redresse, alarmé :

— Mais à la caserne, chef, à la caserne : d'un seul coup d'ailes !

Michel et le gendarme à grosses moustaches échangent un regard complice. Le dernier.

*

* *

Drancy.

Les formalités sont inutilement pointilleuses. Comme c'est souvent le cas dans le monde carcéral, la patience fait partie du « dressage » du prisonnier : il peut attendre, il n'est rien, il faut qu'il en prenne rapidement conscience. Mais depuis Compiègne, Michel connaît tout cela...

Il lie connaissance avec un ancien professeur d'histoire d'un grand lycée parisien, Claude Kahn. Il est là depuis plusieurs mois. Il évoque le chef du camp, Dannecker [1], un antisémite forcené, auteur du règlement intérieur d'une grande sévérité. Il serait sur le départ, c'est ce qui se murmure avec insistance. Qui sera son successeur ?

Kahn, inquiet, parle d'un convoi d'un millier de juifs parti de Drancy aux environs du 22 juin. Destination inconnue, et depuis, aucunes nouvelles.

Devant Michel stupéfait, il fait le récit de la rafle du Vel'd'Hiv par les policiers et gendarmes français, sous le regard satisfait de leurs maîtres

---

1. Theodor Dannecker, 1913-1945, membre du Sipo-S.D., chef du service des affaires juives de la Gestapo en France. Mort à la prison de Bade-Tolz le 10 décembre 1945.

allemands. On a été jusqu'à réquisitionner les autobus parisiens, vitres fermées dans une chaleur caniculaire.

Le Vel'd'Hiv!... Michel ne veut rien perdre du récit de Kahn, mais il ne peut s'empêcher de se souvenir y être venu avec Georgette. C'était en... Il ne doit pas penser à cela, il doit bannir tout ce qui pourrait l'affaiblir.

Kahn poursuit :

— Rien n'avait été prévu pour recevoir une telle foule. Pas d'eau, pas de lait pour les enfants, une poussière étouffante, de gros projecteurs braqués sur la foule qui piétine, le soleil implacable à travers la verrière, des problèmes avec les toilettes et par conséquent la puanteur, pas de service médical digne de ce nom.

— Et... Et les autres ?... Rien, pas un geste des Parisiens ? demande Michel.

Kahn hausse les épaules : des regards gênés, parfois compatissants. Quelques rares policiers qui ont laissé filer ceux qu'ils devaient arrêter ou qui ont facilité des évasions. Les ouvriers des usines Citroën situées juste à côté qui jetaient du pain par-dessus les murs du Vel'd'Hiv. Si, quelques gestes...

— Mais... Les enfants, pourquoi ?

Kahn a un petit rire amer :

— Excellente question ! Les Allemands avaient exigé des rafles d'adultes. Laval a décidé de rafler également les enfants, ce que les Allemands n'avaient pas demandé. Motif officiel : ne pas séparer les familles. La vérité est plus sordide : Laval ne voulait ni nourrir ni héberger tous ces gosses. J'ai vu des choses terribles, d'autres formidables, qui redonnent de l'espoir.

Il lui raconte l'histoire de cette femme bien courageuse.

Elle s'approche d'un gardien qui semblait dégoûté de tout ce qu'il voyait, et lui dit tout bas :

— Monsieur, faites sortir mon fils, on a de la famille de l'autre côté de la rue ! Essayez, s'il vous plaît !

L'autre répond, sans la regarder :

— Vous ne me connaissez pas, d'accord ? Dites, vous êtes sûre que le petit reconnaîtra sa famille ?

— Certaine.

— Bon. J'essaye.

Il prend le petit dans ses bras.

— Comment t'appelles-tu ?

— Charles.

— Charles, on va aller jusque vers la porte et quand je te le dirai, tu sortiras doucement pour rejoindre ceux qui t'attendent de l'autre côté de la rue. Tu ne dis rien à personne, tu veux bien ?

Le gamin fait oui de la tête et entoure le gardien de ses deux bras passés autour de son cou. Ils traversent le Vel'd'Hiv. Il parle sans arrêt pour que le petit ne soit pas terrorisé par les gens qui hurlent ou ceux qui, rendus fous par cette horreur, courent partout. Il y a également les malades gémissants, mourants, la vision de petits enfants déshydratés aux visages terreux. Le brave gardien, sans un mot, ouvre la porte. Le petit, posé à terre, sort en marchant, mais un peu trop vite. Un autre gardien s'aperçoit de la chose, et s'approche pour intervenir, mais il y a tout un groupe d'arrivants qui entrent au même instant... Le petit Charles a pu filer. Vous vous rendez compte ! Et maintenant, ici, on dit que les enfants feront partie du prochain convoi [1]...

---

1. Drancy devint un camp de transit vers Auschwitz-Birkenau. Contrairement à ce qu'affirme Laval, enfants et parents seront séparés une semaine plus tard. Quelques jours après cette conversation, le 17 août, 1 800 enfants seront déportés vers Auschwitz. Fin août, les nazis organisent même des « trains d'enfants » vers les camps d'extermination. À cette époque, on comptait en France (métropole) 320 000 juifs. 80 000 (français et étrangers) furent déportés entre 1942 et 1944. Il en revint 2 500...

Michel regarde les bâtiments de béton, parfois inachevés, lesquels, fermés sur trois côtés, forment un « U ». Et puis des baraquements, des barbelés. De loin en loin, on entend les coups de gueule des gardiens : « Magne-toi, qu'est-ce que tu fous ? » Plus rarement : « *Schnell!... Schnell!... Los!* » Les Allemands semblent assez peu nombreux mais certains, l'air avantageux, se promènent la cravache à la main. On s'écarte très vite.

Michel réalise brusquement qu'il est seul. Kahn l'a laissé à ses rêves : rêver, c'est précieux, c'est fuir un peu...

Un homme du « service d'ordre juif », un M.S., vient chercher Michel. On l'emmène dans une chambrée au quatrième étage. Sa place dans le camp.

Des vêtements qui sèchent, des objets dans tous les coins, une insupportable odeur, la promiscuité... Pendant la nuit, aux raclements de toux se mêlent les cris des enfants et les ronflements. Un long hurlement isolé...

Au matin, appel, puis distribution d'un bouillon.

Michel a rangé ses rares affaires : gamelle, rasoir, savon, peigne, un vieux pull-over, quelques sous-vêtements, des chaussettes, un petit matériel de couture. Plus de conserves depuis longtemps... Il connaît l'ordinaire des camps, il ne sera pas déçu : une soupe claire à midi, une autre le soir et un peu de pain.

Question latrines, une simple fosse sur laquelle on a posé deux poutres. On y prend place à plusieurs au milieu d'essaims de grosses mouches.

Tous éprouvent une faim effroyable, atroce. Les gens, surtout les enfants, appuient très fort leurs mains sur leur ventre pour essayer de calmer cette douleur, à laquelle s'ajoute celle de la dysenterie. Les pauvres types ne pouvant plus se retenir et attendre une place aux latrines souillent les escaliers et la cour...

Le moindre effort diminue encore les forces des prisonniers. Et il faut monter les quatre étages conduisant aux dortoirs, plusieurs fois par jour. C'est une tentative de meurtre collectif et prémédité, avec pour conséquence d'éliminer les plus malades, dont le traitement a été interrompu, les tuberculeux, les diabétiques, que l'on retrouve morts au petit matin.

Chacun sa faim. Chacun sa vie. Chacun sa mort.

Le pire, c'est l'appel quotidien : les S.S. prennent plaisir à le faire durer jusqu'à l'insupportable. Les malades doivent sortir des infirmeries, debout ou sur des brancards, quand il y en a. Il y a des décès pendant ces appels.

Une petite fille, tenue par un garçon à peine plus âgé, qui essaye de la maintenir debout pour échapper aux coups, finit par tomber quand un S.S. la pousse violemment pour qu'elle reste dans le rang. Le petit garçon n'a pas le droit de lui porter secours. En pleurant, il dit :

— C'est ma sœur, monsieur...

Et c'est lui qui recevra la gifle, devant sa sœur morte d'épuisement...

Un jour, un M.S. vient chercher Michel en lui disant qu'il va le présenter à une jeune femme médecin.

L'homme s'esquive.

Ce visage émouvant, resté beau même dans cet enfer, Michel ne l'a jamais oublié. Il n'a pas besoin de chercher dans ses souvenirs tandis qu'elle se présente :

— Paula Bracht.

Et de lui rappeler la réunion houleuse à la fac de médecine, la bagarre avec les fascistes. Michel ébauche un sourire :

— Oui, vous m'aviez adressé un petit signe. Comment avez-vous été arrêtée ?

— Il y a un mois, la police frappe à la porte de notre appartement. Ma mère leur demande si je peux aller porter un paquet à la concierge. Ils acceptent avec une espèce de connivence muette. Je descends mais reviens quelques instants après. Je n'ai pas voulu abandonner ma mère. Nous sommes emmenées toutes les deux.

Paula laisse passer quelques instants.

— On a besoin de médecins, ici. Les locaux sont minables, le matériel inexistant mais il nous faut des médecins. Surtout en pédiatrie...

— Mais...

— Vous ferez très bien l'affaire.

En chemin, il apprend qu'elle n'a pu obtenir son diplôme de médecin, à un an près, à cause des décrets d'interdiction de Vichy. Elle lui brosse également un sombre tableau de la situation sanitaire :

— Il meurt des gens chaque jour. L'hiver, ce sont les vieux sensibles aux engelures, aux coups de froid, aux pneumonies, aux anthrax. Et puis les diarrhées, compte tenu des conditions d'hygiène. L'infection guette. Il y a aussi des cas de typhoïde mais c'est surtout la cachexie, « la maladie de la faim », comme on dit ici, qui frappe. La liste est sans fin : artérite, œdèmes...

Enfin, ils arrivent devant une porte marquée « Infirmerie-Enfants ». Unité que dirige Moïse Goldberg, pédiatre. Les deux médecins se serrent la main. Goldberg fait bonne impression à Michel : un homme calme, déterminé, sérieux. Et visiblement habitué à diriger du personnel.

L'impression doit être réciproque. Goldberg s'enquiert de la vie de Michel, celle « d'avant », la Roumanie, les études, sa vie de médecin, Compiègne. Il prend le temps d'écouter. En fait, sa décision est prise depuis le premier instant :

— Si le cœur vous en dit, on a besoin de vous. Et je serais heureux que nous travaillions ensemble.

Michel est ému :

— Et moi, heureux de servir à quelque chose.

Goldberg explique rapidement en quoi l'arrivée d'enfants dans les camps est problématique. Ces camps n'étaient déjà pas à la hauteur pour les adultes, les structures de base faisaient défaut, alors pour des enfants...

— Il y a déjà des dénutritions sévères, des cas de traumatologie, des maladies infectieuses, des milliers de parasitoses : poux, punaises et toutes ces mouches car évidemment, on n'a rien trouvé de mieux que d'installer les latrines à côté de notre local... C'est pour ça que nous vivons fenêtres fermées : dès qu'on les ouvre, un nuage de mouches entre ici...

— Concrètement, comment vous organisez-vous ? demande Michel.

— Grâce à votre arrivée, nous allons pouvoir établir des tours de garde et des tours de visites. Nous pourrions aussi mettre au point des procédures types pour traiter les pathologies les plus courantes compte tenu des conditions de vie déplorables qui sont faites aux petits dans ce camp.

— Conditions auxquelles je suppose s'ajoutent les habituelles maladies infantiles. Ça fait tout de même pas mal... dit Michel.

Goldberg sourit :

— Voilà ! C'est pour ça que vous êtes là, cher ami. Le seul avantage, si j'ose dire, c'est qu'on est tellement pris par notre combat quotidien qu'on ne voit pas le temps passer.

— Ça vaut peut-être mieux, en effet !... répond Michel d'un air sombre.

15

Les paroles de Goldberg s'avèrent prophétiques : Michel a le sentiment que les dix mois qui suivent passent comme le temps d'un soupir. Il s'est battu avec acharnement, a vu quotidiennement la plus profonde détresse, a supporté le nouveau commandant du camp, Helmut Röthke[1] une brute doublée d'un crétin. Et pourtant, tout cela n'est rien puisque Drancy n'a pas encore trouvé son grand maître...

Michel connaît à présent le camp comme sa poche. Il connaît aussi les juifs dont les autorités ne peuvent pour l'instant pas se passer dans les différents services. À l'exception du service d'ordre, les

1. Ancien adjoint de Dannecker.

emplois dans l'administration juive du camp sont plutôt dévolus à ceux qui viennent d'un milieu social élevé. Cependant, nul ne se fait la moindre illusion : chacun est en sursis. Le jour où il ne sera plus jugé « utile », ce sera la déportation.

À tous les maux physiques et psychologiques dont sont accablés les internés de Drancy, il faut ajouter l'oisiveté qui amène le « cafard » et conduit parfois au suicide. Entre deux convois qu'il faut tout de même le temps de former avec cette précision et cette manie du détail typiquement allemandes, on traîne. Il est loin le temps où l'on pouvait encore organiser des activités. Il a pris fin avec les déportations vers l'est, cet immense malheur que chacun pressent sans se douter de toute l'étendue de l'horreur.

À présent, on tourne en rond toute la journée, seul, à deux, ou par groupes. On essaye de jouer, de rire, de crier, mais y croient-ils eux-mêmes ? Parfois, mais très rarement, des insultes fusent, des bagarres éclatent, brèves et violentes.

Certains jouent aux cartes ou aux échecs, d'autres chantonnent pendant des heures, murés dans leur monde intérieur : vieilles mélodies juives, opéra italien ou chants allemands de leur jeunesse... D'autres encore lisent dans leur coin.

Michel se souvient de ce qu'il a connu aux premiers temps de Röthke, les jeux, les spectacles, l'enseignement, les conférences. Là aussi, ces activités sont surtout organisées par ceux qui, comme Michel, sont arrivés de Compiègne : intellectuels et notables. Une conférence par jour ! À chacun selon sa spécialité : de l'industrie lourde au droit romain en passant par la médecine !

Règne maintenant un climat étrange. Röthke n'a rien interdit, le cœur n'y est plus, voilà tout.

Il demeure cependant des entreprises individuelles. Ainsi, lorsque les lumières sont éteintes et que chacun est couché, un violoniste joue, chaque soir : avec Michel, combien sont-ils à l'écouter, allongés, mains croisées derrière la nuque ? Brusquement, un soir après le départ d'un convoi, on ne l'entendra plus...

Des inconnus vous hèlent, en manque d'affection, de communication, d'échanges, tel ce vieil homme qui court, s'arrête, et aborde Michel pour lui parler de sa fille :

— Sa carte j'ai bien reçu, je me dépêche de répondre !

Et de repartir au petit galop.

Pour le plus grand nombre, et comment les blâmer, un des grands soucis reste la nourriture. Avec une tasse de bouillon le matin, une soupe très claire – presque de l'eau chaude – le midi, à 16 heures deux cent vingt-cinq grammes de pain et le soir la même soupe qu'à midi, certains perdent vingt kilos en quelques semaines. Et qui dit affaiblissement dit maladie.

On dépend beaucoup des colis très réglementés : trois kilos par semaine et par interné, étiquettes fournies par l'administration, tampon de la préfecture, nom, matricule, numéro de bloc, d'escalier, de chambre... Un casse-tête pour les familles.

Le chocolat est recherché mais on accepte tout : tomates écrasées, pastilles et bonbons, croûtons de pain, oignons crus, gâteaux vitaminés Nestrovitt, confiture, pain noir, sel, huile, sucre, biscuits de soldat... Et encore, dans les trois kilos, il faut faire de la place pour les vêtements. En outre, frères, sœurs et cousins ne peuvent se rendre aux domiciles des internés, les autorités y ayant posé des scellés.

Les colis sont aussi le moyen de donner clandestinement des nouvelles grâce à toutes sortes d'astuces. Michel en reçoit un jour directement d'un groupe de jeunes gens internés à Drancy mais pour des motifs très particuliers. En effet, depuis le 7 juin 1942, le port de l'étoile jaune à six branches dite « étoile de David » est obligatoire pour les juifs de la zone occupée, y compris à l'intérieur des camps. Par solidarité avec les juifs, un groupe de jeunes gens se sont confectionné des étoiles où le mot « Juif » est remplacé par « Swing », « Auvergnat », « Papou », « Zazou », « Clown ». Une dizaine d'entre eux sont arrêtés et conduits au camp de Drancy où on leur impose le port de l'étoile jaune mais avec la mention spéciale « Ami des Juifs » : ils y resteront trois mois...

Certains internés ne réalisent pas. Michel, lui, pense que si chaque Français les avait imités...

Car ils apportent autre chose, un peu de l'avant-guerre mais aussi, pour un homme aussi imaginatif que Michel, une vague idée de « l'après-guerre », expression qui le fait rêver, qui lui fait presque oublier les départs des convois.

La déportation ! Tout est bien calculé : c'est d'abord « la feuille verte » qu'on reçoit de l'administration via son chef de chambrée. Puis, quand vient l'heure, c'est la fouille où tout est confisqué. Les déportations d'enfants sont humainement les plus dures à supporter. Les cris, les pleurs des familles séparées, les parents hurlant leur douleur, les coups qui suivent, le long chemin à pied jusqu'à la gare du Bourget où les attendent les wagons qui seront plombés... Michel ne peut s'empêcher d'adresser une muette prière de reconnaissance à sa belle-mère si efficace qui a pris en charge Annie et le petit Jean-François. Il sent, il sait qu'avec elle ses enfants ne seront pas pris. Et cependant... Il ignore que réfugiés près de Lyon, ils seront dénoncés à la milice par la femme de ménage pourtant royalement traitée.

Deux miliciens se présentent :

— Alors les youpins, on croyait passer au travers ?

Habile, la belle-mère de Michel répond :

— Mais nous sommes catholiques, monsieur l'officier.

L'autre se hausse du col. À la milice – comme dans la vie –, il n'est qu'un tout petit sous-fifre, une cloche, une pauvre merde, du néant en uniforme, aussi se faire traiter de « monsieur l'officier » : ah tout de même, tout de même, ce n'est pas désagréable. L'autre milicien prend la relève et se tourne vers Jean-François en disant :

— Baisse ton pantalon, môme !

Le petit garçon de cinq ans obéit : il n'est pas circoncis ! Le doute s'insinue chez les miliciens. Le plus soupçonneux du tandem ne se donne pas pour battu et demande vivement à Annie :

— Toi, récite-moi le *Je vous salue Marie* !

Annie s'exécute. Elle tombe à genoux, récite d'une traite, sans erreur, avec ferveur, les mains jointes et l'air inspiré.

Les miliciens se regardent, confus, puis :

— On va quand même vérifier tout ça... On va chercher une voiture pour emmener la famille à la Kommandantur.

Vrai ? Faux ? La belle-mère de Michel leur barre la route :

— Mais qu'est-ce que c'est que ces façons, vous ne vous excusez pas ? Vous voulez que je me plaigne à votre général ?

Il n'y a pas de général à la milice, ils ont des salauds en grand nombre et des crétins à la pelle mais pas de généraux.

À peine sont-ils partis que la grand-mère prend les petits par la main et court chez le curé Curtelin, un résistant, qui leur trouvera une maison dans un petit village où ils resteront jusqu'à la Libération.

16

« Il » est apparu un matin de juin 1943.

Avec sa suite qui s'empresse autour de lui, comme on le voit pour les monarques, il visite le camp « de loin », sans pénétrer dans les bâtiments. Pas encore. Il prend d'abord la mesure des lieux en seigneur. Il affecte ostensiblement de ne pas même voir les internés. Puis il gagne les locaux administratifs.

Dans son bureau défilent les responsables des principales administrations et des services. On leur a demandé d'être bref : nom, ancienne appartenance sociale, fonction, service. Il est inutile de préciser qu'on est juif pour une fois ! L'étoile jaune suffit à l'attester.

Deux à trois minutes par responsable, pas davantage, eux debout, le nouveau maître assis. Il a bien fait les choses, en tout cas de son point de vue. Il y introduit une certaine théâtralité.

Premièrement, jusqu'ici, sous Dannecker et son successeur, l'administration directe du camp relevait de la préfecture de police de Paris.

Terminé!... Congédiés, virés, les Français, sans même qu'on leur donne leurs « huit jours » ainsi qu'il est d'usage avec les gens de maison. Le crime ne paye pas toujours, la servilité non plus. Second point: Helmut Röthke, le commandant de Drancy, est prié, même si cette fois on y met les formes, d'aller voir ailleurs si le Führer y est: départ express.

Et voilà!... Comme le chien marque son territoire en allant pisser aux quatre coins du jardin, le nouveau patron de Drancy est déjà installé dans la place: il ne la quittera que le 17 août 1944, l'avant-veille du début de l'insurrection pour la libération de Paris.

L'homme qui sera le bourreau de Drancy est âgé de trente et un ans, plutôt brun, assez élégant, de petite taille, visage sévère et forte mâchoire: il n'a pas vraiment les traits de « l'Aryen blond » vanté par la propagande des « temps nouveaux ». Il est né en 1912 à Rohrbrunn, village de l'empire autrichien. Issu d'une famille paysanne catholique et fortement antisémite, il doit abandonner avec amertume ses études à quinze ans pour devenir apprenti vendeur.

À dix-neuf ans, il adhère au parti nazi (matricule 510.064), passe dans la S.A. et y fait la connaissance d'Eichmann, également autrichien, qui dira de lui : « C'est un de mes meilleurs hommes. » Puis, il passe dans la S.S. (matricule 342.767) et rejoint la section des « affaires juives » de la Gestapo. Entre ses prises de fonction à Vienne, Berlin, Salonique, Drancy et la Slovaquie – d'où il disparaîtra mystérieusement lors de l'écroulement du Reich –, il est directement responsable de la mort de près de cent cinquante mille juifs dont le plus jeune, Alain Blumberg, sera déporté de Drancy – où il était né – à l'âge de quatorze jours...

L'homme qui prend ainsi le commandement du camp est commandant S.S. Il s'appelle Aloïs Brunner [1].

*

* *

---

1. Réfugié en Syrie, Aloïs Brunner échappera toujours au châtiment bien que formellement identifié en 1985 sur photo sous le nom de Georg Fisher. Il joua un rôle important dans l'organisation – hélas efficace ! – des services de police et de sécurité syriens. Ceux-ci le protégeront toujours, lui affectant en permanence une garde d'élite.

Brunner a annoncé sa visite à l'infirmerie. Goldberg, qui l'a entrevu, en a fait un portrait assez fidèle si bien qu'on attend sa venue avec appréhension. À peine le voit-on qu'on devine la brute sadique, l'homme violent à l'air toujours menaçant.

Il regarde Michel et lui assène un coup de cravache :

— Garde-à-vous quand tu me croises, pourriture !

Paula veut se présenter, en allemand. Brunner pose l'extrémité de sa cravache sur le haut du crâne de la jeune femme puis, faussement las :

— Youpine, apprends donc à baisser les yeux quand tu me parles.

Il toise Michel qui se présente, au garde-à-vous. Brunner lui assène un nouveau coup de cravache mais, cette fois, il ne juge pas utile d'en préciser la raison.

Puis Brunner se tourne vers le personnel tout entier :

— Sachez ceci : les enfants seront par moi considérés au même titre que les adultes. Aucun privilège, aucune sentimentalité larmoyante, car, pour être enfants, ils n'en sont pas moins juifs.

Ils doivent donc respecter les règlements. Avez-vous compris ?

Le personnel hoche la tête de mauvaise grâce, ce qui semble réjouir Brunner, lequel, d'excellente humeur, reprend :

— La grande pelouse au milieu du camp est désormais strictement, je dis bien strictement, interdite aux enfants. D'ailleurs, nous y lâcherons les plus remuants de nos chiens de police : ce sont des athlètes, ils doivent être au mieux de leur forme pour donner la chasse aux fous qui tenteraient une impossible évasion de *mon* camp. Répondez tous, c'est bien compris ?

— Oui, monsieur le commandant.

Brunner bat le haut de sa botte avec sa cravache :

— Autre chose. Bien qu'il s'agisse d'enfants, vous devez informer ceux-ci que toute faute, tout manquement au règlement ou à la discipline est puni et entraîne une période de cachot. Je n'ai pas besoin de vous vanter la grande austérité des cachots de Drancy. Est-ce compris ?

— Oui, monsieur le commandant.

— Dorénavant, l'administration est allemande mais les forces d'occupation, dans leur magnanimité, ont décidé que deux équipes de gendarmes français s'occuperont des affaires de discipline. Pour ceux d'entre vous qu'un improbable sentiment national habiterait...

Il rit. Il se trouve drôle.

Goldberg, qui a saisi les travers du personnage, fait un pas en avant et se fige au garde-à-vous. Aloïs Brunner apprécie :

— Oui ?

— Que dois-je faire pour obtenir les médicaments et les quelques instruments indispensables qui font toujours défaut ?

— La voie hiérarchique, je ne connais que cela.

Il hésite et ajoute :

— Heil Hitler !

Puis il quitte les lieux, suivi de ses sous-fifres germano-français.

Paula est très pâle, à la limite de l'évanouissement. Les autres ne valent guère mieux. Michel s'adresse à Goldberg :

— Ton diagnostic, Moïse ?

— Très réservé.

Ils échangent un sourire puis Moïse précise :

— C'est un pervers et comme tous les pervers, il est imprévisible. Mais violent, c'est certain. J'ignore tout de son passé mais il n'a pas toujours été commandant S.S. Il a besoin de reconnaissance, de respect, surtout des marques extérieures du respect.

Moïse Goldberg monte la voix, il s'adresse à présent à tout le personnel :

— Traitez-le avec la plus grande déférence, placez-le au-dessus de tout, n'en faites pas trop tout de même mais faites en sorte qu'il considère qu'à l'infirmerie des enfants, on le prend très au sérieux, avec le plus profond respect. Votre vie en dépend, bien entendu, mais aussi et surtout le maintien et le bon fonctionnement de l'infirmerie. Quant à ce qui passera dans vos têtes lorsque vous lui balancerez du « Oui, monsieur le commandant », « À vos ordres, monsieur le commandant » et autres « Il en sera fait tel que vous le désirez, monsieur le commandant », cela, c'est tout autre chose !

De pâles sourires apparaissent sur les visages. Moïse Goldberg poursuit :

— Plus pénible, à présent : il faut un ou des interlocuteurs pour dialoguer avec ce fou furieux. S'il voit toujours les mêmes visages, il sera rassuré car c'est le genre d'homme à se noyer dans un verre d'eau, le genre de type qui ne supporte pas les problèmes et la multiplicité des interlocuteurs. Il doit aimer les habitudes...

Son regard n'a pas quitté Michel lequel, surpris, remarque :

— Après ses deux coups de cravache, j'ai dans l'idée que je ne suis pas vraiment son type.

— Ne crois pas ça. Tu l'impressionnes, tu as une tête de plus que lui et il a vaguement ce qu'ils appellent « le type sémite ». Pas toi. Ni Paula qui parle par ailleurs couramment allemand. Je ne vous contrains pas, vous pouvez refuser, mais je ne crois pas me tromper en disant que vous êtes les plus qualifiés. J'ajoute qu'un couple, s'agissant des enfants de l'infirmerie, peut faire jouer dans sa pauvre tête certains mécanismes psychologiques inconscients, et ce ne serait certes pas du luxe.

Moïse se trompe rarement, à vrai dire jamais. Paula et Michel échangent un regard puis hochent tous deux la tête.

Sans un mot, chacun retourne à son travail.

Sur ses fiches, le vaguemestre a inscrit 800 noms : « *zum deportieren* », c'est-à-dire « déportés ». Il va y avoir des séparations, des hurlements de douleur, des cris, des pleurs et les petits ne seront pas épargnés...

Paula et Michel marchent à pas lents dans le camp. Ils doivent digérer, si l'on ose dire, la rencontre avec Aloïs Brunner et se préparer à la déportation de demain.

17

Du bruit, des cris, des ordres, des aboiements: un nouveau convoi d'enfants pénètre dans le camp, une horreur ajoutée à l'horreur que celle du traitement des enfants, dans le camp de Drancy: des centaines d'enfants, petites choses arrachées à leur famille, qui pleurent, crient... L'innocence bafouée!

Sales, couverts de plaies, ils ont été battus, bousculés et ne comprennent pas pourquoi ils sont passés de l'état d'idoles choyées à celui de victimes. Tout juste jetés hors des bus, dans la cour du camp, ils passent par la fouille méthodique, professionnelle, atroce, faite par les inspecteurs de la Police des questions juives, éventrant les petits sacs d'objets fétiches, prenant les bijoux, colliers, bracelets, boucles d'oreilles... Une petite fille terrorisée n'arrive pas à ôter assez vite sa boucle d'oreille en forme de cœur : un policier la lui arrache. Ça saigne, elle pousse un hurlement de terreur, il la repousse vers la porte en hurlant :

— Tais-toi, sale juive !

Une vieille femme fait tout de suite un pansement avec un bout de mouchoir. Les petits se retrouvent ensuite dans la cour où d'autres femmes essayent de reconstituer leurs balluchons, dernière attache à une vie passée : cette petite valise que les enfants adorent faire eux-mêmes à chaque départ en vacances. Mon Dieu, de quelles vacances s'agit-il là ?

Après cela, il y a la tonte. Une petite fille essaye de se noyer dans le seau d'eau destiné à recueillir les cheveux : les hurlements des petits et des S.S. redoublent. On met autour du cou des enfants un médaillon en bois sur lequel est inscrit leur prénom, pour faciliter le tri et la répartition. Certains vont échanger ce médaillon pour jouer ou pour faire un cadeau. On voit alors des « Jacques » sur des filles blondes aux longs cheveux, des « Lydie » au cou de garçons à béret. D'autres enfants sont amenés encore, tassés dans des autobus, attachés par le cou avec des cordes, sous les hurlements des tortionnaires du camp.

Pleurant ou hébétés, ils sont mis en rang par les gendarmes et les officiels. On leur demande leur nom. Souvent ils ne peuvent pas prononcer le moindre mot, terrorisés par l'événement et la brutalité qu'ils ont subis.

Ils sont ensuite dirigés vers les douches...

Michel et Paula ont dû supporter sans un mot ce spectacle atroce.

Michel tape avec violence dans un caillou.

— Un adulte peut comprendre le mal qu'on lui fait. Pas un enfant, pas un enfant, non!

À ce moment, une petite fille court vers eux. Elle pleure, désespérée, et demande en sanglotant:

— Monsieur, monsieur, demandez aux gendarmes de me laisser partir! Pendant toute l'année, j'ai été très sage, j'ai bien travaillé à l'école, je veux pas aller en prison... S'il vous plaît, monsieur...

Michel s'assied par terre et la prend dans ses bras. Il tente de la calmer.

— Comment t'appelles-tu, ma chérie?

Mais, incontrôlable, la petite fille lui échappe; elle se remet debout et disparaît dans la foule.

Paula regarde Michel. Il pleure doucement et ne peut se relever...

*

* *

Qui se ressemble s'assemble, dit-on. On en aura la preuve quelques semaines plus tard lorsque Brunner se fera assister, pour le volet sanitaire et « humanitaire » du camp, par le professeur Trocard [1], un antisémite notoire.

Ennuyeux, il est aussi le père de cet étudiant éconduit par Paula le jour de la fameuse bagarre à la faculté de médecine, celui qui, parlant de Michel, avait dit : *« Le grand est un youpin, Elberg. L'autre fait de la médecine sociale à Vitry-sur-Seine. Mais ne vous inquiétez pas, mademoiselle, ils sont repérés, maintenant. »*

Trocard jette un regard froid aux petits malades. Goldberg, qui comprend que la situation va lui échapper complètement, tente son va-tout :

---

1. Le nom a été changé mais le personnage a réellement existé ainsi qu'il est décrit. À la Libération, il échappera à toutes poursuites et achèvera sa vie comblé d'honneurs.

— Cher collègue, j'aurais besoin...

Trocard l'arrête d'un geste :

— Mon vieux, je ne suis là que pour vérifier, pas pour vous aider. Si vous avez un problème, voyez cela avec le commandant. Et en suivant la voie hiérarchique, je vous prie.

Puis, se tournant vers Brunner :

— Beefsteakement parlant, ces gosses sont parfaits !

C'est le genre d'humour qui amuse Brunner et flatte son côté homme des casernes. Il a un geste d'invite courtois à l'adresse de Trocard et tous deux quittent l'infirmerie.

Dans la pièce, c'est la consternation. Pour y remédier, Goldberg tape des mains :

— Allons, les enfants, comme disait Shakespeare : « Rien de nouveau sous le soleil. » On se doutait bien que Brunner ne pouvait que s'adjoindre un salopard.

Il a un petit geste à l'adresse de Michel, son ami, son allié, celui sur lequel il peut toujours compter, celui qui ne le déçoit jamais :

— Moïse a raison : Brunner a son Trocard, le crime s'appuyant sur l'ambition. Cet attelage finira au fossé. Et si on reprenait le travail ?

Le ton enjoué emporte la décision, comme l'escomptait Goldberg. Pour cela *aussi* Michel est irremplaçable.

*

* *

Avec le début de l'automne, le nombre d'arrivants ne cesse de croître, tout comme le nombre de trains bourrés de déportés partant vers l'est.

Michel et Paula continuent leur petite balade du soir qu'autorise leur fonction mais depuis quelque temps, Paula semble plus éteinte, son moral en chute libre.

Ce soir, elle se livre :

— Les arrivants, les convois, ce flux et ce reflux de morts, j'en ai marre, Michel. Parfois, j'ai envie de monter dans un de ces trains, moi aussi. En finir, tu comprends, en finir enfin.

Il la retourne par l'épaule, un peu vivement. Davantage qu'il ne l'aurait souhaité. Pourtant, il n'a pas envie de s'excuser. Il lui parle d'un ton dur :

— Pas toi ! Ce n'est pas immuable. Rommel et son AfrikaKorps ont été liquidés en Afrique, les Alliés ont débarqué à Alger et en Italie, les Allemands ont capitulé à Stalingrad en perdant quatre cent mille hommes. Ils reculent partout en Russie. Mussolini a été renversé. Les Japonais subissent défaite sur défaite... Il faut tenir, Paula, tenir à tout prix. Nous avons des projets, toi et moi. Enfin, on devrait...

Paula se jette dans ses bras. Il lui caresse les cheveux puis s'écarte :

— Pas ici, tu sais bien. Viens...

Il lui prend tendrement la main et l'entraîne.

18

Tenir, toujours le maître mot. Ne jamais mettre un genou à terre sous les assauts conjugués de la terreur, de la fatigue et de la résignation qui touchent parfois même les plus forts.

Les nazis sentent l'étau se resserrer. Des armées nombreuses, bien équipées de matériel neuf, affluent de l'Est et du Sud. C'est pour eux comme un cauchemar, la fameuse légende du phénix : une armée américaine ou soviétique détruite, il en apparaît aussitôt une autre avec davantage de chars, d'artillerie, d'avions, d'hommes.

En attendant l'ouverture d'un front à l'ouest...

Cette perspective d'une possible défaite ne calme en rien Brunner et ses S.S. Au contraire.

Dans chaque pays occupé, ceux qui ont en charge « la solution finale » hâtent le processus de déportations massives des juifs, comme s'ils cherchaient à en entraîner un maximum dans ce que les plus lucides d'entre les Allemands savent être leur inéluctable chute.

Brunner s'est assigné une tâche précise : remplir Drancy le plus vite possible, par tous les moyens. Et une fois le camp plein, le vider en organisant un départ de train vers l'est, vers les camps en Pologne. Puis recommencer en hâtant les cadences...

Il ne recule devant rien. Par exemple, il surveille le courrier envoyé par les détenus puis dépêche des inspecteurs de police aux adresses indiquées : s'il s'agit de juifs, ils sont immédiatement arrêtés et amenés à Drancy. Mais les détenus sont vite informés de la ruse de Brunner, aussi écrivent-ils à des intermédiaires antinazis, des non-juifs aux noms bien français. Ainsi une internée, Simone Goldblum, écrit à une vague connaissance, Mme Lachaud, qui fera discrètement suivre le courrier, de la main à la main, vers la famille de la jeune fille.

Une autre méthode de Brunner : la menace, ou les vagues promesses. Il incite ainsi des pères de famille internés à Drancy à se rendre à Paris pour convaincre des juifs clandestins de sortir de l'ombre et de se faire connaître des autorités. Bien entendu, si ces « émissaires » forcés ne reviennent pas, leurs familles sont aussitôt déportées. Soixante-seize personnes seront arrêtées grâce à cet ignoble procédé.

C'est une constante chez les nazis les plus pervers : salir l'autre, le compromettre, créer une sorte de « communauté du mal » aux contours confus dans le seul but – bien illusoire ! – d'y dissoudre la responsabilité allemande.

On lui prête ces mots : « Le juif devient un peu plus rare, je ne sais si je dois m'en réjouir car il est probable qu'il s'en cache encore beaucoup ! »

Resserrant davantage encore la discipline, et voulant exercer un strict contrôle S.S. sur l'ensemble du camp, Brunner a renvoyé tout le personnel français « aryen », sans oublier les infirmières.

Pour Moïse et Michel, cet état de choses est catastrophique : afflux massif de malades, réduction du personnel soignant. Pour soigner le plus de petits malades possible, on place deux enfants tête-bêche par lit. Puis bientôt on en met trois. Rapidement, on manque de draps, d'alèses, de linge. Les médecins sont débordés. Certains enfants sont porteurs de maladies graves et la promiscuité favorise la contagion. Moïse, qui connaît bien l'histoire de France, rappelle que ces conditions-là sont celles de « l'hôpital général » d'Ancien Régime : y entrer, c'était y mourir. L'alerte est permanente, jour et nuit. On baisse subtilement les rations alimentaires des médecins, au moment où ils sont le plus exténués. Malgré tout, à tout instant, il leur faut diagnostiquer, traiter, soulager, calmer... et bien entendu, ne jamais protester, même lorsqu'on leur amène une petite fille tombée dans le coma après avoir reçu une formidable gifle de la part d'un S.S.

Ceux-ci ont bien de la chance de ne pas être sur le front de l'Est car pris par l'Armée rouge, beaucoup de S.S. reconnaissables au tatouage de leur groupe sanguin sous le bras gauche sont exécutés sur place. On pourrait penser que ce « coup de veine », ces places de « planqués de l'arrière » les rendraient indulgents vis-à-vis de leurs malheureux prisonniers : c'est hélas tout le contraire.

Chaque soir, vers 21 heures, dans le noir, les médecins se réunissent pour faire le point. Le dentiste, naïf, a cru qu'il pouvait se laisser pousser la barbe : Brunner le cravache plusieurs fois au visage.

L'état d'une femme enceinte nécessitait une césarienne. L'autorisation d'évacuation est donnée, puis annulée et l'ambulance renvoyée. La femme tombe dans le coma après avoir hurlé pendant des heures. C'est alors seulement que Brunner autorise l'ambulance à revenir. Elle y mourra pendant son transport à l'hôpital.

Lorsque Moïse ose élever une protestation polie, il reçoit cette réponse cinglante de Brunner :

— Le juif est fourbe, comédien et simulateur par nature : la méfiance anti-juive est donc historiquement fondée.

Brunner aime humilier et surtout frapper les médecins. Lui, l'ancien petit magasinier, quelle revanche prend-il ainsi sur ces hommes qui ont fait de très longues études et possèdent, contrairement à lui, un réel savoir !

Curieusement, c'est Michel – qui le dépasse pourtant d'une tête – que Brunner supporte le mieux. Cela tient très certainement à sa manière déférente, mais jamais obséquieuse, de s'adresser au maître de Drancy. En outre, c'est toujours Paula qui traduit – l'allemand de Michel est très incertain –, et elle le fait avec beaucoup d'intelligence, se gardant de jamais froisser Brunner.

Jouant sur des zones obscures du cerveau de Brunner, le couple formé par Paula et Michel appartient désormais à une sorte de « normalité rassurante » et de paysage familier dont s'accommode fort bien le chef des S.S. de Drancy. Moïse, qui a parfaitement compris cet étrange phénomène, fait donc de Michel son négociateur et son porte-parole quasi officiel auprès du dignitaire S.S.

Parfois, et la chose est des plus délectables, les malheureux prisonniers ont l'occasion de narguer les Allemands : lors des alertes aériennes. Quelle brève et coûteuse revanche, mais quelle revanche tout de même ! Dans un formidable bruit de moteurs lancés à plein régime et de tirs de D.C.A., les escadrilles de « Forteresses Volantes » passent au-dessus du camp en formations serrées pour aller bombarder les usines de la banlieue parisienne ou les grandes villes d'Allemagne. Alors, dès que commence le sinistre hurlement des sirènes, les internés sortent des chambrées en riant et en criant. Ils adressent des signes d'amitié en direction des équipages alliés qui ne peuvent bien entendu pas les voir.

Fous de rage, les S.S. forcent les prisonniers à regagner leurs dortoirs et pour ce faire, ils ne lésinent pas sur les coups de crosse, de préférence sur la tête ou la nuque. Encore des morts... mais, derrière les portes closes, on entend chanter *La Marseillaise* d'une voix parfois cassée par l'émotion.

Narguer, c'est aussi résister et en matière de résistance rien, jamais, n'est négligeable !

19

Michel et Paula ont conservé une habitude assez tendre, celle de faire tous deux le tour du camp, le soir. Ils pourraient se tenir par la main, sauf que leur histoire ne regarde pas les autres.

Ce soir, Paula sent Michel nerveux. Elle sait qu'il va lui dire quelque chose d'important mais elle n'ignore pas non plus qu'en pareil cas, il ne faut rien hâter. Il est préférable de le laisser venir.

Car c'est à Paula, bien entendu, que Michel parle en premier de son idée :

— On doit pouvoir faire sortir de Drancy certains enfants sous le prétexte de les envoyer à l'hôpital. Il suffirait de leur apprendre patiemment les symptômes d'une maladie, une de celles que redoutent les Allemands. Et aussitôt, demander une évacuation d'urgence. Les autorités du camp, hantées par le spectre des contagions, ne s'y opposeraient certainement pas.

Il ajoute dans un demi-sourire :

— Nonobstant l'ordre des « préférences », si j'ose dire, les nazis ont peur des juifs, des bolcheviques et des microbes car dans ce qu'il reste de cerveau à leurs dirigeants, tout ça, c'est pareil.

— Mais comment nouer le contact avec l'extérieur ?

Michel affecte un air faussement mystérieux :

— À force de fouiner et de jouer sur le capital de sympathie dont jouissent les médecins à Drancy, certains détenus m'ont livré un grand secret, quelque chose d'assez ésotérique. Sais-tu ce que signifie : « Allez chez grand-père à la campagne » ?

Paula, piquée au jeu, se montre impatiente :

— Qu'est-ce que c'est encore que ça ?

Bien qu'ils ne risquent pas d'être entendus, Michel baisse machinalement la voix :

— Au fond du camp, on peut parler aux gens de l'extérieur grâce à une petite fenêtre qui communique avec les toilettes d'un vieux café. Se rendre là-bas, c'est « Aller chez grand-père à la campagne ». Ne me demande pas pourquoi ils ont appelé ça ainsi plutôt que « Le petit chat est mort », « La marquise est sortie à cinq heures », ou « Le presbytère n'a rien perdu de son charme ni le jardin de son éclat » : je n'en sais rien. En tout cas on y fait passer des lettres importantes, plus rarement des paquets très urgents ou illicites, mais à coup sûr des renseignements. C'est comme ça que j'ai appris que je bénéficiais encore d'amis et de sympathies à l'hôpital Rothschild. En outre, des médecins de l'Assistance publique interdits d'exercer parce que juifs peuvent encore y travailler.

Paula cherche à comprendre, l'air soucieux :

— Je sais qu'il existe là-bas deux pavillons pour les malades graves internés à Drancy mais...

Michel ne la laisse pas achever :

— ... mais rien n'est prévu pour les enfants si ce n'est au coup par coup.

Un léger sourire apparaît sur les lèvres de Paula :

— Et tu...

— Et j'ai lancé un premier ballon d'essai en demandant si Béatrice, mon ancienne infirmière de consultation, était toujours en poste là-bas. C'est le cas.

Paula lui jette un regard inquisiteur. Amusé, il secoue la tête :

— Oui, elle était très mignonne. Elle était émouvante parce qu'elle rougissait au premier compliment, alors je lui en faisais un de temps en temps. Mais c'est tout, absolument tout.

Cette parole suffit à Paula. Elle sait que Michel a horreur du mensonge et qu'en outre, il assume tout ce qu'il a pu faire dans sa vie. Maintenant, elle imagine l'avant-guerre, l'arrivée de Michel à l'hôpital, tout ce qu'elle n'a pas connu. Un instant, elle est presque irritée et jalouse de ce passé où elle n'existe pas, sur lequel elle n'a aucune prise. Puis elle songe qu'elle doit être sérieusement amoureuse pour avoir de semblables pensées.

Michel, ne s'étant rendu compte de rien, poursuit :

— J'ai arrangé un rendez-vous avec Béatrice. J'aimerais que tu sois là si j'oubliais de lui dire quelque chose.

— C'est entendu.

*

*   *

Le rendez-vous a lieu quelques jours plus tard « Chez grand-père ». On se parle sans se voir, l'ouverture est très petite mais sans doute Béatrice s'est-elle beaucoup penchée pour apercevoir une partie du visage de Michel :

— Vous avez terriblement maigri, docteur Elberg !

— Il n'y a plus de docteur Elberg, Béatrice.

— Mais comment allez-vous ? Est-ce aussi affreux qu'on le dit avec ce S.S. à moitié fou ?

— Béatrice, Drancy, c'est un petit bout d'enfer mais nous avons peu de temps et je ne veux pas vous mettre en danger, alors écoutez-moi attentivement. Ici, il y a des centaines d'enfants à moitié morts de faim, malades, sans défense, séparés de leurs familles. Nous en voyons tous les jours à l'infirmerie. Nous aimerions évacuer les cas les plus graves vers l'hôpital. J'ai déjà des contacts fragiles mais vous, je vous fais entièrement confiance : pensez-vous que c'est possible ?

— Certainement.

— Ce n'est pas tout. Pourriez-vous, ensuite, les prendre en charge, je veux dire les évacuer discrètement ?

— Bien sûr. On sait tous, à Rothschild, ce qui se passe ici. Et pour les évasions, c'est facile, il y a la morgue et les véhicules municipaux. Vous comprenez certainement...

— Parfaitement.

— Mais vous, parlez-moi de vous, docteur.

— Je suis vivant. Ici, c'est déjà une victoire. Allons, filez vite, nous avons tous pas mal de travail si nous voulons mettre cela sur pied.

Michel, qui a suffisamment avancé les choses, explique dans le détail son projet à Moïse Goldberg. Celui-ci l'écoute attentivement, pose une ou deux questions très précises, hoche la tête et ne fait pas de commentaires : il est d'accord.

Le choix du premier enfant, celui qui doit inaugurer le processus, est assez simple : un petit garçon souffre d'une dysenterie aiguë. Il n'est donc nul besoin de majorer les symptômes.

Goldberg transmet donc une demande d'évacuation au bureau du camp. La réponse tarde plusieurs jours avant d'arriver avec avis favorable. Malheureusement, dans un horrible spectacle d'infection et de déshydratation, l'enfant meurt la veille de son transfert.

Michel ne manque pas d'aller se plaindre auprès d'un adjoint de Brunner : la longueur des délais est seule responsable de la mort de l'enfant. Ce faisant, il pense à l'avenir, espérant en effet davantage de promptitude de la part de l'administration.

En tout cas, cette affaire, malgré son issue tragique, prouve que le système peut fonctionner. Peu après, une petite fille est amenée à l'infirmerie. Elle marche péniblement et se plaint de vives douleurs au ventre. Michel l'examine puis demande son avis à Paula qui ausculte à son tour l'enfant.

La jeune femme n'hésite pas longtemps dans son choix d'un diagnostic :

— Infection intestinale, comme d'habitude.

— Absolument pas : elle a un début de typhoïde !

— Quoi ? Mais... c'est impossible, voyons...

— C'est bien ton diagnostic, non ?

— Heu... Oui.

— Ah, tu vois, c'est le métier qui rentre... Je vais la proposer pour un transfert « typhoïde », tu y es ?

— Essayons toujours...

Tous deux expliquent patiemment à la petite ce qu'elle doit dire, ce qu'elle doit faire, comment elle doit se plaindre. Bien entendu, la confiance ne régnant pas, il y a un contre-examen... lequel, miracle, confirme le diagnostic de Michel !

La direction du camp accepte le transfert vers l'hôpital où le groupe de Rothschild organise

« l'évacuation » de l'enfant en la cachant dans un camion de linge. Cette petite ne connaîtra pas les wagons plombés roulant vers la Pologne...

Michel avance avec prudence, considérant qu'il en est au stade expérimental. Il ose par petits coups, novations légères, avancées prudentes. Il teste avec succès fausse varicelle noire, faux croup, fausses scarlatines. L'équipe médicale de Moïse et Michel devient une bande de faussaires et l'infirmerie de Drancy un haut lieu du faux médical en tout genre. On pose avec assurance de faux diagnostics reposant sur d'habiles dossiers. On va jusqu'à prendre des radios de tuberculeux dont on change l'identité, rangeant les clichés de poumons attaqués par la maladie dans les dossiers des enfants. De même, on intervertit des résultats de laboratoire. Tandis qu'à l'hôpital Rothschild, une tout autre organisation se met en place : les évacuations commencent à se succéder et, pour le moment, il n'y a pas encore eu le moindre retour au camp. Médecins-chefs, assistants et internes, infirmières et surveillantes, personnel hospitalier, juifs ou non, tous savent ce qu'ils risquent en cas de découverte de ce système de soins particulier.

Cela étant, même ces magnifiques victoires sur la déportation et la mort ont un goût d'amertume. Car pour l'équipe, il faut à tout instant choisir : pourquoi celui-ci, pourquoi pas celui-là ?

On sait, sans aucun doute possible, que les convois, c'est la mort. En sauver quelques-uns, c'est « accepter » de voir partir les autres. Les cris des petits, réveillés, traînés jusque dans les camions, les hurlements de leurs tortionnaires anencéphales, le départ du convoi, trié, méthodiquement compté, inscrit sur les registres par les autorités du camp, les petites musettes jetées par terre, les poupées et doudous précipités dans la boue, les hurlements et les coups des S.S., les aboiements des chiens policiers sont autant d'épreuves insupportables.

Le soir, Michel et Paula ne parlent plus que de cela. Eux qui ont un infini respect de la vie, par une logique qu'ils n'ont pas choisie, qu'ils subissent, ont en fait un pouvoir de vie et de mort. C'est insupportable. Même dans l'acte sublime de sauvegarde de la vie, le bourreau a indirectement laissé son empreinte.

Chaque départ de convoi, c'est l'adieu à tous ceux qu'ils n'ont pas pu sauver. Michel se souvient d'Edmond, son ami des jours heureux. Ce qu'il voyait de pathétique dans son dispensaire de médecine sociale devait de temps en temps le chavirer tout entier. Certains soirs, il buvait coup sur coup deux ou trois cognacs, les yeux dans le vide, en chantonnant de sa voix de basse une triste mélodie des tranchées: *« Adieu la vie, adieu l'amour, c'est pour toujours... »*

Paula, douce et tendre, ramène toujours au réel un Michel égaré par la douleur: il y a aussi les enfants qu'ils ont sauvés, ceux qui ne vivront jamais ce cauchemar. Grâce à eux. Grâce à lui! Car le miroir opaque de Drancy ne reflète pas l'autre aspect des choses: tous les petits enfants qui ont échappé à cette horreur.

Michel se dit parfois que le symbole ne manque pas de force: que ce soit à Rothschild, ce nom honni par tous les antisémites, que s'organise la survie d'enfants juifs, c'est tout de même magnifique!

*

* *

Ce soir-là, Michel et Paula sont assis dans la minuscule pièce affectée au personnel de garde à l'infirmerie, à côté du dortoir des enfants. Il a fallu des heures pour les endormir. Comme chaque soir, les pauvres petits sont angoissés, effrayés dans le noir. Ils sursautent aux aboiements de chiens ou aux cris en allemand, tous ces « *Los !* », « *Aufstehen !* », « *Abmarschieren !* », « *Einsteigen !* » [1].

Certains sont assis sur leur matelas, regardant fixement le mur. D'autres se balancent d'avant en arrière. D'autres encore tendent les bras vers une mère disparue. Les petits malades qui ont la colique se pressent le ventre avec les mains en gémissant : faute de linge propre, il est impossible de les changer avant demain.

Il a donc fallu consoler, bercer, chanter une petite chanson, raconter des contes, rassurer... faute d'endiguer la maladie et la faim. On semble loin de la médecine considérée en sa conception classique. Mais pour Paula et Michel, c'est encore et toujours de la médecine parce qu'à Drancy, tout est différent.

Michel, qui a regardé Paula plusieurs fois avec tendresse tandis qu'elle se démenait pour rassurer les petits, lui prend la main. Elle le regarde avec étonnement.

---

1. « Vite ! », « Levez-vous ! », « En route ! », « Montez ! ».

Il hésite un instant puis répond à sa question muette :

— Paula, depuis que nous vivons ce cauchemar, je te regarde et je voudrais te dire... Pendant des années, j'étais seul et désespéré mais grâce à toi, je sais que j'ai de nouveau un avenir. Si nous nous en sortons, je voudrais que nous ne nous quittions plus, que... que ce soit pour toujours.

Plus fragile et menue que jamais, Paula vient se serrer contre la poitrine de Michel.

20

Quelques jours plus tard, alors qu'elle achève de soigner un petit rougeoleux, Paula sent une présence légère dans son dos ; Brunner et ses sbires ont de tout autres manières.

Elle se retourne et constate qu'il s'agit d'un petit garçon, seul, à peine âgé de dix ans. Il n'est pas encore trop maigre, preuve de son arrivée récente à Drancy. On l'a tondu comme un bagnard. Son regard est grave et intelligent. Il demeure sur le pas de la porte, silencieux, mais dans sa physionomie, quelque chose implore de l'aide. Sans doute a-t-il été arraché à une famille aisée, aimante, mais peut-être aujourd'hui dispersée. Il tient contre sa poitrine un petit sac apparemment déjà fouillé car en partie déchiré. Il est pâle, visiblement il a faim. Il tente de parler mais n'y parvient pas. Il a vu une femme qui soignait un enfant, cela semble lui suffire.

Paula achève les soins apportés au petit rougeoleux et regarde de nouveau cet émouvant lutin entré presque par effraction. Elle est émue, mais la raison prend le dessus :

— Ne reste pas ici, certains enfants sont gravement malades, tu pourrais attraper quelque chose. Va rejoindre tes parents.

À ces mots, le gamin fond en larmes. Paula s'approche :

— Comment t'appelles-tu ?

— Jean.

— Où sont tes parents ?

— Des messieurs les ont pris... J'ai peur...

Michel, appelé pour une intraveineuse délicate, arrive à cet instant :

— Eh bien, c'est un nouveau malade ?

— Il s'appelle Jean. Il vient d'arriver. Il est seul. Michel, je...

Paula n'achève pas. Michel prend rapidement la mesure de la situation. Il s'assoit sur les talons et pose ses paumes sur les épaules du petit garçon :

— Écoute, Jean. Tu te mets dans un petit coin, tu ne fais pas de bruit, tu ne bouges pas et on se retrouve tout à l'heure, es-tu d'accord, mon p'tit gars ?

Jean hoche la tête.

Michel tente de ne pas s'attendrir devant le spectacle de cette détresse. Il regarde l'enfant qui essuie d'un revers de manche son nez qui coule puis va s'asseoir dans un petit coin en serrant contre lui son baluchon.

— Bon, je vais revenir. Sois bien sage, mon bonhomme.

Paula lui tend du papier et des crayons de couleur.

Jean écrit aussitôt : *« Papa, maman, venez vite, j'ai trop peur... »*

Puis, après avoir longtemps hésité, il fait un dessin représentant des baraquements, des gardes avec des bâtons, de gros chiens policiers et lui, petit personnage blotti dans un coin.

Paula revient une heure plus tard, profitant d'une brève accalmie dans le service. Elle sourit à l'enfant puis regarde longuement le dessin, sans faire le moindre commentaire. Enfin, d'un ton qu'elle souhaite enjoué :

— Jean, tu veux m'aider ?

— Oh oui, madame !

— Non, pas madame, Paula.

— Oui madame Paula.

Avec un plaisir qu'elle n'aurait pas imaginé, Paula lui montre comment on fabrique une guirlande de bonshommes en découpant un journal avec des ciseaux. Puis, tous deux accrochent les guirlandes sur les murs lépreux de l'infirmerie.

— Tu vois, tes bonshommes seront regardés par tous les autres petits enfants.

Michel revient peu après. Il contemple les guirlandes et félicite Jean et Paula, si fière de son petit élève. Fouillant dans ses poches, le médecin trouve une douceur qu'il offre à Jean.

Le petit garçon va d'étonnements en surprises : ces deux adultes n'ont décidément rien à voir avec les gardes et même les internés dont beaucoup, murés dans leur propre malheur, ne sont plus disponibles pour les souffrances des autres.

Jean regarde tour à tour Paula et Michel puis, avec une gravité étonnante pour son âge, il dit simplement :

— Merci. Merci, tous les deux, vous êtes bien gentils.

Très rapidement, Jean va occuper une place essentielle dans la vie des deux médecins. Ils s'unissent à travers lui. Il devient leur protégé. Il va dorénavant dormir dans l'infirmerie et ne plus la quitter. Michel lui installe un petit lit entre deux armoires, dans la pièce des médecins, celle que Brunner néglige généralement lors de ses visites surprises. Jean est progressivement chargé d'un tas de petites tâches, de menus services, ce dont il est très fier. Mis en confiance, se sentant puis se sachant aimé, il retrouve une part de cette enfance que les nazis lui ont si brutalement volée. Par exemple, il adore se cacher. Michel et Paula feignent alors de le chercher avec inquiétude, se donnant la réplique :

— Où est Jean ?

— Cette fois, on l'a enlevé ! Sûrement un coup du grand méchant loup !

— Oh non, Paula, il est trop diable : personne ne voudrait d'un petit garçon comme ça.

— J'en veux bien, moi, de ce petit garçon-là.

— Tu crois, vraiment ?

— Jean, c'est Jean. Il n'y en a qu'un comme ça.

— Oui, dans le fond, je crois qu'il faut le garder !

Et Jean de sortir de sa cachette en riant, bras ouverts, plein d'une confiance qui bouleverse les deux adultes, lesquels le prennent dans leurs bras et l'embrassent.

Paula et Michel n'en parlent pas, à quoi bon, c'est une telle évidence, mais il s'agit d'une sorte d'adoption : Jean est devenu un peu leur enfant.

21

Le jeune acteur Robert Manuel, qui s'était fait remarquer dans des films de grands réalisateurs tels Allégret, Pabst ou Renoir, s'est lié d'amitié avec Michel.

Lui aussi a vécu une chute brutale dans sa carrière à cause des interdictions professionnelles. Juif, il n'a plus le droit de mettre les pieds sur une scène de théâtre ou un plateau de cinéma. Comme tous les gens connus, la presse collabo de Paris l'a injurié, bafoué, traîné plus bas que terre avec ce raffinement dans l'insulte infâme que donne la garantie de l'impunité.

Pourtant, dès son arrivée à Drancy, il décide avec succès de faire de l'enseignement auprès des jeunes. C'est dans ce cadre qu'il rencontre Michel.

Un soir, celui-ci lui parle de son dégoût devant les persécutions des juifs, de son désir de vengeance et de son ami Edmond qui avait discerné si tôt, dans les fascistes et les antisémites, des ennemis du genre humain qu'il fallait combattre les armes à la main.

Robert Manuel écoute en souriant. Puis, insensiblement, la conversation glisse vers les possibilités d'évasion. On a inconsciemment baissé le ton, redoutant toute intrusion, non seulement des gardiens et des M.S., mais des détenus eux-mêmes. Car, même si la chose est absolument désolante, certains internés n'hésitent pas à dénoncer d'autres prisonniers pour entrer en faveur auprès des S.S. et améliorer leurs conditions de vie.

Après bien des détours, et avec la certitude absolue que Michel est incapable d'un acte aussi bas, Robert Manuel se lance :

— Vous souvenez-vous lorsque les S.S. ont réquisitionné cinquante détenus costauds afin d'effectuer des travaux de terrassement pour améliorer la cour de Drancy ?

— Oui, et alors ?

— Et bien quelques-uns ont remarqué que dans la cave de l'un des bâtiments, il existe un trou. Ils ont discrètement été y voir de plus près et constaté que le sol est mou. Du coup, ils ont eu l'idée d'agrandir ce trou et d'y creuser un tunnel pour passer sous les barbelés.

— Mais... qui est dans le coup? demande Michel.

— Beaucoup de responsables du camp, des chefs de travaux, des chefs d'escaliers et même certains M.S. Le nécessaire pour creuser a été prélevé sur la matériel que Brunner avait fait venir pour les travaux. Vous êtes intéressé?

— Bien entendu, mais à quel titre?

Robert Manuel semble étonné:

— Mais, au vôtre: médecin.

— Je vous suis mal...

— Les tunneliers ont formé trois équipes. Mais il faut venir en aide à ceux qui ont peur, que l'angoisse paralyse: peur d'être découverts, de ne pas creuser assez vite, peur du manque d'air, de lumière, peur de se tromper de direction... Pourtant, le travail est bien organisé: il y a des guetteurs, des équipes de jour et de nuit, des feintes...

L'acteur observe un instant Michel qui visualise toutes ces choses en hochant lentement la tête. Puis Manuel poursuit:

— On met une toile recouverte de terre pour masquer l'entrée. Les tunneliers prennent garde de s'épousseter en sortant du chantier afin de ne pas se faire repérer. D'autres sont chargés de disperser la terre creusée. Les châlits des chambrées disparaissent et servent pour étayer le tunnel car il y a en permanence un risque d'éboulement : je vous ai dit que le sol est très mou.

— Comment s'éclairent-ils ?

— D'abord avec des lampes à acétylène puis, grâce à une discrète dérivation, avec une baladeuse électrique. Mais là encore il faut envisager bien des choses, par exemple ne pas cligner des yeux en remontant à la lumière du jour. Nous avons essayé de penser à tout. Un médecin disponible, c'est, me semble-t-il, tout ce qui nous manque.

— Non, vous l'avez, ce médecin.

— *Welcome,* cher ami !

Ils se sourient.

Une quinzaine de jours plus tard, Michel est appelé par un des hommes de quart : un des tunneliers, suite à un éboulement, vient de se faire une plaie profonde à la tête. Il manque d'air, à demi inconscient, mais comme il saigne abondamment, il est difficile de le sortir de ce boyau. On imagine alors une bagarre pour détourner l'attention des gardiens. On trouve deux volontaires. Ils se bousculent durement.

Le premier, dans un demi-sourire, glisse à l'autre :

— Salut, sale juif !

L'autre rend le sourire :

— Putain de rastaquouère métèque !

Et c'est parti. Les hommes, pourtant bons amis, y mettent du cœur. Celui qui encaisse assez stoïquement a été, en 39-40, champion de boxe divisionnaire.

Hurlant de rage, les gardiens se précipitent et cravachent les pugilistes en les insultant mais les deux hommes résistent. Le temps de tirer le blessé de son trou et de l'emmener à l'infirmerie, discrètement escortés par deux M.S. qui font partie du complot d'évasion.

Michel l'examine, nettoie la plaie et pose quelques points de suture. Plus tard, il soignera une cheville foulée, des contusions multiples et se verra gratifié, par un détenu, du surnom de « docteur Tunnel ».

Les jours passent, l'espoir grandit. Paula partira avec lui mais également Jean bien que certains ne veuillent pas entendre parler d'enfants : dans ce sombre tunnel, ils sont plus susceptibles de paniquer.

Michel ne discute même pas :

— Quand je suis là, le petit ne panique jamais.

Regards terribles, silence pesant. Et puis après tout, ce docteur, il n'a pas volé son billet de sortie, même si c'est un billet « familial ». On cède.

Quinze jours après la fausse bagarre, on y est enfin. Il ne reste plus que quelques dizaines de centimètres et c'est la liberté. La grande évasion collective, celle qui va ridiculiser les nazis et toute leur clique collabo. Certains imaginent déjà le communiqué dans les émissions françaises de la B.B.C.

Michel est admiratif. L'audace du projet, son impeccable réalisation, c'est pour lui comme un fait d'armes. Eh bien, non, les juifs ne sont pas un troupeau résigné qu'on mène docilement à l'abattoir. Eux aussi savent se battre, résister, réinventer les conditions de la liberté et s'affranchir de leurs ignobles geôliers. Il est fier d'être de l'aventure, même si, par discrétion, il est loin d'en connaître tous les détails. Il lui semble cependant que tout est prévu, qu'ils sont attendus de l'autre côté des barbelés...

Le 9 novembre pourrait être le grand jour. Tout est prêt. Mais par patriotisme, et pour donner une portée symbolique à l'évasion, on décide d'attendre le 11. La gifle donnée aux Allemands n'en sera que plus vigoureuse.

— Vous êtes tous trop sentimentaux!... lance Paula à Michel.

Mais le ton est tendre, ému et plutôt solidaire. Elle trouve l'intention touchante et puis c'est une façon de rappeler à ceux qui disent le contraire que les internés de Drancy, trahis par des Français, ne trahissent pas la France.

Elle poursuit :

— Et où ira-t-on ?

Michel hausse les épaules :

— Mieux vaut un juif errant qu'un juif derrière les barbelés !

Ils pouffent de rire dans l'infirmerie silencieuse. Le petit Jean se retourne dans son sommeil. Il fait froid, mais la nuit est tendre.

Pour la première fois depuis longtemps, avec sur les lèvres ce goût de liberté retrouvée, la vie est belle et le mot « demain » se charge d'espoir...

*

*   *

Un détenu a parlé.

Sans contrainte, sans torture. Pas même cette excuse. Discrètement, ignominieusement, ombre rasant les murs, il a gagné les bureaux de Brunner.

Dans l'espoir d'améliorer son sort, d'amadouer les S.S., il a tout révélé.

Jusqu'au seuil de la mort, certains se demanderont comment et de quoi il faut être fait pour vendre ainsi ses compagnons de misère et pour annihiler ce qui aurait pu constituer une page de gloire de la résistance d'une communauté martyrisée. Car dans sa cruelle froideur, l'Histoire ne compte que pour peu de chose les tentatives avortées.

Le 10 novembre, veille de l'évasion, le tunnel est donc découvert.

À l'intérieur, les S.S. trouvent une veste.

22

À la surprise générale, à laquelle succède bientôt l'angoisse, il n'y a pas d'appel ce matin-là.

Les gardiens sont hystériques. Ils tournent et tournent devant les bâtiments, s'apostrophent à mi-voix, paraissent osciller entre consternation et rage. Tout détenu ayant la malchance de passer à leur portée est frappé, menacé, injurié.

Brusquement, c'est le silence. Un homme épuisé, en sang, est tiré, bousculé et poussé par les S.S. C'est sa veste qui a été retrouvée dans le tunnel. À coups de pied et de poing, il est amené au milieu de la cour. Un coup de matraque en plein visage le jette à terre.

C'est l'instant que choisit Aloïs Brunner pour apparaître, tiré à quatre épingles dans un uniforme impeccable. Il arbore ce demi-sourire bien connu des détenus, un sourire qui n'augure rien de bon.

Il s'approche de l'homme battu dont le nez cassé pend sur le côté. De sa main gantée, il montre le nez à ses officiers et lance une plaisanterie. Il semble qu'il soit question du nez des juifs en général et de celui-ci en particulier.

D'un geste vif, il redresse le nez. Hurlement de douleur de l'homme. Brunner attend, patient. Quand l'homme battu se ressaisit, Brunner désigne la tête de mort qui orne sa casquette puis pointe un doigt vers la poitrine du malheureux.

Certains ont l'impression qu'une fois encore Brunner, esprit limité, a dû répéter avec le plus grand soin sa triste prestation.

Les internés sont invités à coups de gourdin à descendre dans la cour où ils sont alignés au carré. Brunner, une main sur la hanche, dans l'attitude du docteur Goebbels aperçu lors des actualités cinématographiques, balaye lentement son public captif d'un regard méprisant.

Ces centaines et ces centaines d'yeux posés sur lui, quelle revanche pour celui qui, au bout d'une vie de labeur, n'aurait pu espérer mieux que finir chef de rayon dans une petite ville de province.

Il se sent Dieu, pas vraiment un dieu de miséricorde, mais un dieu courroucé, haineux : un dieu nazi, dirait-on, si les deux termes n'étaient antinomiques.

Tandis que deux S.S. ôtent les bretelles du blessé, Brunner prend son menton au creux de sa main gantée, geste de penseur à la Hamlet, et lance d'un air faussement étonné :

— Ainsi, tu as osé cela !

Il semble que pareil constat lui coûte, qu'il le déplore. Il affecte d'être déçu.

L'homme battu tient son pantalon qui risque à tout instant de lui descendre sur les chevilles, ce qui ferait la joie des S.S.

Brunner reprend, toujours d'un ton modéré :

— Toi, la merde juive, tu t'es sincèrement cru le plus fort, plus fort que nous ?...

Un coup de cravache zèbre le visage du malheureux, visage qui n'est plus qu'un ensemble de plaies.

Brunner secoue la tête, comme s'il se trouvait confronté à un problème qui le dépassait. Le ton devient presque amical :

— Mais tu ne sais donc pas, juif, qu'ici, on ne s'évade que pour mourir ? Tu ne sais pas cela ? Réellement ?

— Je ne sais rien, monsieur le commandant.

Nouveau coup de cravache au visage. Le ton d'Aloïs Brunner, satisfait, aurait rendu son geste incompréhensible si tous ne connaissaient la nature réelle du chef S.S. Devant lui, l'homme battu chancelle, tenant à peine debout. Brunner tape des mains :

— Allons, qu'on aille chercher une chaise pour notre ami l'évadé !

Un M.S. s'empresse. Brunner fait alors asseoir l'homme à califourchon puis lui décoche un coup de pied dans le dos. L'homme pousse un cri.

Brunner se penche vers lui puis se redresse vers son « public » :

— Chers amis, notre évadé est d'une santé chancelante. Je crains qu'il ne faille lui appliquer un traitement de cheval.

Et, se tournant vers un M.S. qui tient un gourdin, il lui ordonne, dans un hurlement qui a perdu toute fausse bienveillance, de frapper :

— *Schnell, yudden maul! Schnell!* Lorsqu'il juge que cela suffit, il hurle de nouveau :

— Mettez-le debout !

Deux gardiens soutiennent le supplicié. Certains spectateurs pleurent en silence. L'un d'eux murmure :

— On dirait un Christ janséniste. Seigneur, quelle pitié !

Son voisin répond d'un ton vif :

— Le Seigneur est du côté des bourreaux.

Parmi les tunneliers, nul ne se fait d'illusions. Ils ont été « donnés » et savent qu'ils sont perdus. En ne les désignant pas sur l'instant, Brunner prolonge simplement leur angoisse, la fameuse « torture par l'espérance ».

Brunner se tourne vers son « public » silencieux :

— Juifs, nous avons tous les noms. La preuve ? Je n'ai pas même besoin que celui-ci passe aux aveux !

Sur un signe, les S.S. s'avancent, crosse levée, vers le supplicié. C'est affreux, une mise à mort.

On perçoit le bruit des os craquant sous les coups de crosse.

Sortant d'une poitrine, de dix, de cent, on entend une chose stupéfiante : les internés chantent *La Marseillaise.* Un instant interdits, gardiens et S.S. se ruent sur eux, matraques et cravaches levées. On leur fait vivement regagner les bâtiments mais certains chantent encore sous les coups.

Brunner possède une liste de douze noms fournie par le délateur. Encadrés par les S.S., ceux qui ont été « balancés » sont amenés au cachot où Brunner lui-même, secondé par son équipe, passe à un interrogatoire musclé. Les hommes sont placés face contre le mur et sauvagement frappés sur le dos, les reins, la nuque...

Toujours la même question :

— Pourquoi avez-vous creusé ce tunnel ?

— Pour aller acheter le journal.

Brunner n'obtiendra pas d'autres réponses. Il a alors recours au « tourniquet », une de ses tortures favorites qui a le don de beaucoup l'amuser. Le prisonnier doit poser son index sur le sol et, utilisant ce doigt comme pivot, il est obligé de tourner autour. Bien entendu, pendant cette torture, les coups continuent à pleuvoir. En vain.

On essaye d'autres choses, toujours sans résultats.

Pourtant, les S.S. ne manquent pas d'imagination dès lors qu'il s'agit de torturer, de meurtrir de pauvres corps, d'écraser des doigts à coups de marteau, de faire éclater la chair à celui-ci ou de faire sauter un œil à celui-là. Cette besogne a ses règles très strictes : l'évanouissement, soit, mais pas la mort car un mort ne parle plus.

Les tortionnaires ont depuis longtemps déjà quitté le monde des hommes, celui de la fraternité et de la conscience. Ils comparent leurs techniques, se critiquent parfois avec véhémence non pas à propos de l'horreur de la torture infligée mais pour la façon « incorrecte » ou « inefficace » dont elle est appliquée.

Ils sont atteints de ce que l'on pourrait peut-être baptiser « le syndrome de Hoess »[1] qui ravagea une bonne partie des élites allemandes.

Brunner est déçu et humilié. Qu'on ait voulu s'évader de « son » camp de Drancy constitue

---

1. Rudolph Hoess, officier supérieur de la S.S., patron d'Auschwitz. Il a écrit ses Mémoires en prison. À leur lecture, il n'apparaît pas comme une brute sanguinaire et dépravée, plutôt comme un cadre supérieur, un chef d'entreprise soucieux de développer Auschwitz, l'usine de mort qu'il fera passer de la phase artisanale au stade industriel. Berlin veut « du chiffre », Hoess, homme organisé, s'y emploie avec zèle. L'utilisation du gaz, c'est son invention. Il se plaint des lenteurs administratives qui entravent son rendement. Il justifie le gazage des femmes, des vieux et des enfants en écrivant que seuls des hommes forts peuvent aider par leur travail l'économie du Reich. Hoess ignore avec constance le facteur humain et ne se soucie que de compétitivité et de rendement. Il ne cherche pas à insulter l'humanité, il ignore qu'elle existe.

déjà, en soi, une grave injure personnelle. Mais qu'en plus des juifs résistent à des traitements qui ont fait leurs preuves ailleurs, avec d'autres, voilà qui l'humilie davantage encore. Il oblige les douze hommes très mal en point à reboucher le tunnel. Avec soin. Tel un chef terrassier très pointilleux, il exige des tunneliers qu'ils tassent parfaitement la terre. Et qu'ils prennent leur temps, ce qui leur permettra de réfléchir : n'est-ce pas leurs espoirs qu'ils sont obligés d'enfouir ?

Il n'empêche, au cours de rebouchage, les tunneliers parviendront à mettre au milieu du tunnel une plaque commémorative en plâtre, rappelant l'existence du « tunnel de l'espérance », et que tous signeront.

Le travail achevé, ils sont déportés.

Ce matin-là, sans un mot, certains gardiens eux-mêmes se mettront fugitivement au garde-à-vous pour rendre hommage sinon à leur cause, au moins à leur courage.

Michel, ignorance du délateur ou scrupule vis-à-vis d'un médecin, n'a pas été « donné » par « la balance ».

23

L'hiver s'annonce précoce et rigoureux, rendant les conditions de détention encore plus difficiles.

En revanche, cela ne trouble en rien le commandant Aloïs Brunner, lequel accélère tant qu'il peut le rythme des déportations. Avec son instinct très développé de charognard, peut-être devine-t-il qu'il lui faut se hâter, que dans quelques mois, les Anglo-Américains une fois débarqués, la France sera rapidement libérée. Et avec la Libération, tandis que l'Allemagne, à son tour envahie, se rétrécira comme une peau de chagrin, viendra pour les nazis le moment de rendre des comptes. Il s'agit donc autant, peut-être, de persécuter et de détruire les juifs que de se venger, par anticipation, de l'Histoire qui va bientôt vomir le national-socialisme.

Quoi qu'il en soit, il devient chaque jour – si la chose est possible ! – plus odieux et soupçonneux.

*

* *

Le petit Jean vient d'attraper une bonne angine. Aussitôt, Paula et Michel en tirent une conclusion logique mais douloureuse. Certes ils adorent le petit auquel ils se sont tant attachés et une séparation ne pourrait que leur briser le cœur, mais cette peine ne pèse rien face à la sécurité de l'enfant. Le couple de médecins ne laisse donc pas passer pareille occasion et la banale angine devient scarlatine. Si elle est reconnue comme telle, ce sera l'évacuation vers l'hôpital. Et la liberté.

Petit à petit, ils expliquent à Jean la manière de simuler la maladie. Pour mettre toutes les chances de leur côté, ils essayent plusieurs méthodes, parfois en forme de jeu ou en racontant la scarlatine comme un conte.

C'est un paradoxe, un de plus : raconter de façon ludique le seul moyen d'échapper à la mort. Mais ici, tout, y compris l'existence d'un semblable camp, n'est-il pas paradoxe ?

Quand Paula et Michel sont à peu près sûrs d'eux, ils signalent le cas de Jean aux autorités. Le pauvre enfant a été obligé de manger une effroyable mixture pour avoir la gorge rouge. Quant à la fièvre, au camp, compte tenu de l'état général de l'hygiène, il n'est guère besoin de forcer les choses.

Michel a parfaitement monté son coup. L'infect Trocard est en déplacement en province. La demande d'hospitalisation suit la voie hiérarchique. Bien qu'il n'entende rien à la médecine, en tout cas pas davantage qu'au grec ancien, à l'art moderne ou aux mathématiques supérieures, Brunner, flanqué de sa clique, vient se rendre compte par lui-même de l'état du petit malade.

C'est que le chef S.S. est toujours plus méfiant, plus paranoïaque. Comme tous les tyrans, et son maître suprême Adolf Hitler lui-même, Brunner craint à chaque instant d'être trompé, trahi, embobiné.

La grande habileté de Michel est de le traiter, au plan médical, tel un égal. Et ceci avec le plus grand naturel. Il montre les symptômes, rappelle les développements de la maladie mais à chaque fois, il ne le fait pas tel un maître expliquant la leçon à un élève ignorant. Tout au contraire, d'un ton entendu, il ponctue son discours de : « Bien entendu, je ne vous apprends rien... » et « C'est un cas caractéristique que vous connaissez fatalement »... Brunner est très satisfait. Cette visite à l'infirmerie fut des plus sympathiques. Il a l'impression qu'il est presque médecin. Vendeur, tortionnaire S.S. et presque médecin : il n'y a qu'un Aryen pour réunir tant de qualités.

En tout cas, les mots qui tombent de sa bouche sont ceux qu'escomptait Michel :

— Beau cas de scarlatine ! Il faut faire transférer cet enfant à l'hôpital dès demain matin ! Vous êtes d'accord, Elberg ?

— C'est en effet le plus sage, monsieur le commandant.

— Et voila ! Il faudra vous y faire, Elberg : j'ai le coup d'œil !

Et il s'en va avec sa suite admirative.

Le soir, Moïse est pris gentiment à partie par Michel :

— Vous avez raté un beau cas de scarlatine. Vous qui aviez publié en 1938 un article sur les complications de cette maladie, c'est tout à fait regrettable...

Moïse, qui n'ignore rien de ce qui se passe dans le service, répond en souriant :

— Cher ami, ce type très particulier et très atypique de scarlatine relève davantage de votre spécialité que de la mienne. Que voulez-vous, mieux vaut en toutes choses connaître ses limites.

Ton badin, petites bouffées d'un temps révolu, instants volés à l'atmosphère de mort qui règne à Drancy.

Pour Jean, ce soir-là, Paula et Michel organisent un dîner d'adieu. Grâce à un colis de « Chez grand-père », l'ordinaire a été amélioré car la nourriture, à l'intérieur du camp, est de plus en plus réduite. Ce soir, il y a un peu de pain et de pâté. C'est presque un repas de fête.

On se fait des tas de promesses... qu'on n'est pas certain de pouvoir tenir. Se revoir, aller au restaurant, au zoo, au cinéma. Après.

Après quoi : y aura-t-il seulement un après ?

Le lendemain, une voiture emmène Jean à l'hôpital Rothschild. Les deux médecins, le cœur serré, regardent le véhicule qui s'éloigne vers Paris. Michel saisit la main de Paula et la serre très fort mais la jeune femme ne peut s'empêcher de murmurer :

— Nous avons perdu notre petit Jean...

— Tu sais bien que non, Paula. Lui va s'en sortir par la filière de Rothschild. Nous ne l'avons pas perdu, c'est tout le contraire, c'est comme si nous le mettions de nouveau au monde.

— Oui, lui, il est sauvé, mais nous... Oh, comme il me manque. Il était... comme s'il représentait tous les enfants que nous avons ici, tous ceux qui sont passés par le camp.

— Alors peut-être qu'un jour il pourra parler en leur nom...

Elle le regarde :

— Tu as raison, bien sûr que tu as raison.

Bien qu'il s'interdise d'y penser, car ce serait prendre le risque de s'effondrer, Michel songe à ses propres enfants.

24

La salle de l'hôpital Rothschild paraît lumineuse, surtout, par effet de contraste, après le mouroir de Drancy. C'est un bonheur rassurant, propre et doux.

Les couloirs sont impeccables – ils sentent les lavages quotidiens à l'eau de Javel – et les draps d'une blancheur de neige. De loin, les coiffes blanches des infirmières semblent de grands oiseaux de paix. Elles portent des tabliers immaculés dont les poches contiennent toujours, outre de quoi vous soigner, quelque chose de bon à manger. Leurs sourires affectueux, leurs petits mots gentils, après les S.S., c'est comme un nouveau monde.

Jean, en pleine forme, n'occupe pas souvent son petit lit. Il joue dans la cour entourée de murs de briques rouges. Comme chaque jour, une fois achevées les visites des soignants, il a l'autorisation de courir.

Cela fait presque quatre semaines qu'il est là. Quatre ou cinq semaines ? Il ne sait plus exactement mais s'il était plus âgé, il songerait peut-être que le propre du paradis, c'est qu'il n'y existe pas de pendules car le temps y est aboli.

Pour s'occuper des enfants, médecins et infirmières de Rothschild ont pris la relève de leurs malheureux collègues de Drancy. Là aussi les examens, analyses et radios sont truqués comme le dossier de Jean qui contient à peu près toutes les complications de la scarlatine connues depuis les cours du professeur Marfand !

Jean, « le grand malade », a repris du poids. Il sourit, ne demande qu'à aider, et sa gentillesse naturelle lui ouvre tous les cœurs. On ne sait rien de sa famille mais il est probable qu'il s'agissait de gens aisés car les manières de l'enfant sont exquises, leur côté « début de siècle » leur conférant un charme désuet, charmant et émouvant.

Devant sa mine épanouie, on l'éloigne de plus en plus des zones d'activités de l'hôpital, celles où l'on peut faire de mauvaises rencontres.

Par le canal « Aller chez grand-père à la campagne », Béatrice a fait passer un message à Michel : *« Jean devrait bientôt aller faire un tour dans le service du professeur Morgagni car il y sera beaucoup mieux soigné qu'ici... »*

Michel sourit en décryptant ce message codé. « Le professeur Morgagni », c'est l'expression employée par les étudiants en médecine pour désigner la morgue. Il en conclut que c'est en utilisant un véhicule funéraire que Jean va quitter Rothschild pour une filière à la campagne.

Michel, fou de joie, va immédiatement prévenir Paula.

Mais lorsqu'on est heureux, on a une fâcheuse tendance à oublier l'existence des salauds.

Un matin, à l'improviste, Brunner et le professeur Trocard font une descente surprise à Rothschild. Suite à une délation anonyme, ils soupçonnent l'existence d'une filière d'évasion via l'hôpital Rothschild. Brunner, qui se sent floué et donc contesté, voire nié, organise aussitôt cette descente médico-policière. Des gendarmes entourent l'hôpital, délimitant un périmètre interdit, dont on ne peut ni entrer ni sortir sans montrer patte blanche.

On demande les papiers. Tous ceux qui ne travaillent pas sur place sont raccompagnés à la sortie. En présence du directeur, la visite, qui s'apparente à un comptage, commence. Approuvé par Trocard, Brunner décrète que les femmes qui viennent d'accoucher encombrent inutilement des lits : il les fait aussitôt renvoyer à Drancy avec leurs nourrissons.

Une petite fille qui vient d'être opérée de l'appendicite dort paisiblement dans son lit. Un interne, qui a vite jugé de la situation, lui ôte ses agrafes avant l'arrivée des Allemands.

Quand Trocard et Brunner se présentent, il explique :

— Complication post-opératoire, elle va être réopérée.

Brunner rugit :

— Debout ! On la ramène à Drancy, immédiatement ! Allez, embarquez-moi ça !

Trocard ne dit mot.

La petite fille est mise debout. Elle chancelle. Dans le couloir, un Allemand en civil, élégant, la trentaine, portant une serviette de médecin, arrête les gardes. Il se baisse, observe ce qui ressemble à une plaie mal cicatrisée et dit d'une voix à fort accent :

— *Nein!* Celle-ci ne part pas! Ramenez-la immédiatement dans son lit.

Un des gardes bafouille:

— Mais...

Le médecin allemand approche son visage menaçant à quelques centimètres de celui du garde et, haussant le ton:

— J'ai dit: immédiatement!

Puis, peut-être écœuré, il quitte l'hôpital sans désirer voir la suite.

À cet instant, Jean, qu'on avait oublié, arrive en courant puis s'arrête pétrifié en tombant nez à nez avec Brunner et Trocard.

Brunner tente de masquer sa voix qui tremble de colère. Il feint l'ironie:

— Ah, il est toujours là, celui-là?... Pourtant, il a l'air de se porter très bien. Qu'en pensez-vous, monsieur Trocard ?

Jean, affolé, dit:

— Monsieur, je dois aller...

Il n'a pas le temps d'achever, Brunner lui envoie une formidable gifle. Et, s'énervant:

— Eh alors, monsieur Trocard? Dites-moi vite, maintenant, s'il est encore contagieux. Moi, j'en doute.

Trocard saisit Jean par le bras:

— Viens un peu avec moi, toi ! Tiens, assieds-toi sur ce banc.

Un interne se précipite et s'interpose devant Brunner :

— Vous ne devez pas gifler cet enfant !

Reculant d'un pas, Brunner lui cravache le visage :

— Ne marche jamais sur moi d'une façon menaçante, sale juif ! Jamais !

L'interne, le visage zébré d'une balafre sanglante, poursuit cependant courageusement :

— Cet enfant est encore convalescent et fragile...

— Yudd, tu veux me faire croire que cette vermine est malade ? Eh bien, Trocard ?

Trocard, qui a fait ouvrir la bouche de Jean, très fortement, trop fortement, lui palpe à présent le cou sans ménagement, ce qui fait pleurer le petit encore plus fort, puis, se tournant vers Brunner :

— Cet enfant est parfaitement guéri, mon commandant !

Fou de terreur, Jean se sauve en courant. Brunner sort son arme et le vise mais Jean a déjà tourné à l'angle du couloir. La garde de Brunner s'élance et a tôt fait de ramener l'enfant tremblant et livide. Il ne pleure plus, il est hébété : il sait qu'il retourne en enfer.

Brunner, en un geste amical, pose son bras sur l'épaule de Trocard et l'entraîne :

— Mon cher Trocard, nous ramenons tout ce monde-là à Drancy. J'ai également quelques mots à adresser aux médecins qui se sont moqués de nous.

Trocard reste songeur :

— Sont-ils les seuls coupables ?

Brunner reçoit parfaitement l'hypocrite message :

— Bien entendu, il y a aussi des complicités à Rothschild !... Nous allons faire une enquête. Mais c'est l'infirmerie de Drancy qui relève le plus directement de mon autorité. Ceux-là... Et pour commencer, si un seul s'échappe, il y aura quarante fusillés.

Cette perspective lui rend sa bonne humeur.

Il ouvre une porte au hasard et s'approche du lit d'un malade opéré la veille de l'estomac :

— Debout, juif !

Un autre interne qui, dans la crainte d'un nouveau mauvais coup, les suivait à distance respectueuse, s'approche :

— Il ne peut pas se lever, il vient d'être opéré de l'estomac. Il a encore sa sonde d'aspiration...

— Attends, tu veux me faire croire qu'on peut vivre sans estomac, sale juif?

— Je n'ai pas dit ça ! Et, même si j'en suis parfois désolé, je ne suis pas juif: François-Xavier de Tillard, comte de La Besse...

Il est interrompu par un coup de cravache au visage :

— C'est beaucoup plus grave encore car tu es l'ami des juifs !

Puis il marche vers le lit, arrache le drap et, d'un geste accusateur, montre la sonde comme s'il s'agissait d'un objet scandaleux :

— C'est ça, l'aspiration ?

« Perspicace, ducon ! », songe l'interne qui répond froidement :

— Absolument !

Brunner, l'ancien vendeur, fronce les sourcils, en proie au doute et à l'incompréhension face à la complexité de la science :

— Mais c'est... c'est incorrect ! Cette... « chose »... ne sert à rien puisqu'il n'a plus d'estomac !

Il arrache violemment la sonde. Le malade crie de douleur puis vomit. Pareil spectacle écœure profondément Brunner. Il jette le patient à terre et lui donne des coups de pied dans le ventre.

L'homme pousse un terrible hurlement et s'évanouit.

Brunner quitte la chambre, suivi de Trocard qui a laissé faire sans intervenir.

À peine calmé, le patron de Drancy maugrée :

— Au camp, ils vont découvrir ce qu'il en coûte de me mentir, eux et leur médecine juive !

*

* *

Le transfert du petit Jean à Drancy bouleverse tout le monde, même les policiers présents. Ceux-ci demandent aux autorités médicales de faire quelque chose. Un médecin-chef, le docteur Simon, finit par téléphoner chez Trocard. C'est sa femme qui répond.

— Bonjour madame, j'aurais voulu parler à votre mari, s'il vous plaît.

— C'est de la part ?

— Docteur Simon, de l'hôpital Rothschild.

— C'est à quel sujet ?

— C'est un peu difficile à expliquer... Il s'agit du cas d'un enfant, Jean, qui se trouve actuellement à l'hôpital...

Mme Trocard lui coupe la parole :

— Je suis au courant. Mon mari m'a tout raconté quand il est revenu de sa visite. C'est ce gosse qui a soi-disant la scarlatine et que...

— Pardonnez-moi d'insister, madame, mais je voudrais vraiment parler à monsieur Trocard.

— Écoutez monsieur Salomon...

— Simon, madame, docteur Simon...

— Bon, bon, Simon si vous voulez, mais mon mari n'a rien à rajouter à ce sujet.

— Mais, madame...

— C'est tout, monsieur. Bonsoir !

Mme Trocard a raccroché. Simon se tourne vers le groupe qui attend, un peu en retrait.

— Il a dû donner des ordres, sa femme ne veut pas me le passer...

— Ce n'est pas possible ! Il faut insister !

— Je vais aller chez lui et lui parler. Cette attitude est insupportable. Il est pire que les S.S. ! Quelle ordure !

Le docteur Simon se rend chez Trocard. La bonne vient ouvrir la porte de l'appartement. Simon se présente et demande à lui parler. On le fait attendre sur le palier. La bonne revient.

— Monsieur ne peut pas vous recevoir, il est très occupé !

Simon insiste.

Alors Mme Trocard apparaît à son tour dans l'entrebâillement.

— Monsieur Simon, le docteur Trocard ne vous recevra pas. Je vous l'ai déjà dit au téléphone. Et surtout n'insistez pas car je serais obligée d'appeler la police ! Bonsoir !

Elle lui claque la porte au nez.

Jusqu'au lendemain, diverses personnes tentent d'intercéder auprès du médecin. La réponse est toujours la même : « Il n'est pas malade, il n'a rien à faire à l'hôpital ! »

25

De deux choses l'une, songe Brunner : « Soit je joue de malchance, soit il s'agit d'un complot. » Il est bien évident que confronté à pareil choix, le commandant n'hésite pas un instant : c'est un complot... juif !

Pas de camion ! Pour une fois qu'il s'adresse à la Wehrmacht, ces salauds se font un plaisir de lui annoncer, après une heure et demie d'attente, que *« le camion destiné au commandant Brunner a malheureusement brûlé, à l'aube, lors d'un attentat terroriste de la Résistance française »*.

Fou de rage, Brunner fait vérifier l'information : un garage de la Wehrmacht abritant des véhicules lourds a effectivement flambé à l'aube lors d'un attentat.

Mais il existe à Paris et dans la banlieue des dizaines et des dizaines de garages de la Wehrmacht abritant des centaines de camions, alors pourquoi serait-ce précisément *le sien* qui aurait brûlé plusieurs heures *avant* qu'il en fasse la demande ?

C'est totalement absurde !

Brunner appelle le commandement du Train et des Transports. Une demi-heure d'attente. Puis le général von Badensteiner lui répond sèchement que l'attribution avait été faite *avant* le report des immatriculations des véhicules incendiés sur la liste des véhicules à disposition.

Brunner explose :

— Mais maintenant, là, tout de suite, vous avez bien un foutu camion, tout de même ?

Le général, d'un ton glacé et méprisant, lui jette à la figure son grade inférieur :

— Commandant, nous venons de recevoir de l'O.K.W. [1] une demande urgente de 400 camions pour le front de l'Est. Priorité et urgence absolues ! Vos hommes iront à pied ou attendront demain matin.

---

1. *Oberkommando der Wehrmacht* : Commandement suprême de l'armée allemande, situé en Prusse-Orientale.

— Mais ce n'est pas pour mes hommes, nom de dieu !

— Modérez votre ton, commandant, vous vous égarez !

Brunner se mord les lèvres, sachant qu'il a été trop loin avec ce général von Badensteiner. Il baisse la voix et se modère :

— Herr général, excusez-moi. Il s'agit de ramener de faux malades, des simulateurs juifs, depuis l'hôpital Rothschild jusqu'au camp de Drancy que j'ai l'honneur de commander.

Long silence puis, d'une voix où le mépris est à peine voilé :

— Je sais qui vous êtes. Désolé, commandant, les malades en question devront attendre encore une nuit avant de goûter aux délices de votre camp dont la réputation est parvenue jusqu'ici. Demain matin, 8 heures. Bonne soirée, commandant.

— Heil Hitler, mon général.

Cliquetis sec dans l'appareil : von Badensteiner a raccroché. Stupéfait, Brunner regarde l'appareil avec suspicion puis raccroche à son tour en maugréant, inconscient de l'humour involontaire de ses paroles :

— Ces aristocrates prussiens de la Wehrmacht, ce n'est qu'un ramassis de juifs, eux aussi !

Pourtant, cette guerre interne à laquelle se livrent quotidiennement la S.S. et l'armée allemande n'arrange au fond personne. À Drancy comme à Rothschild, l'angoisse ne fait que monter d'un cran durant cette longue nuit. Quant à Brunner, humilié davantage par le ton que par les paroles de ce général qui, d'évidence, le méprise, il se tourne et retourne pendant des heures dans son lit. Face à un aristocrate, à la distance infranchissable qui les sépare, il s'est senti redevenir la petite frappe de la S.A. qui essayait de passer à la S.S. et de se faire remarquer de ses chefs dans l'appareil du parti national-socialiste.

Il sera, le lendemain, d'une humeur massacrante.

*

*   *

À 8 heures pile, le camion vient chercher blessés et malades. Le petit Jean est parmi eux. Les S.S. chargés de l'évacuation ont reçu de Brunner des consignes très précises : ils manifestent une violence inouïe.

Brunner et Trocard attendent le camion qu'ils font garer devant l'infirmerie.

Dès qu'il descend du camion, Jean est saisi par l'oreille et Brunner le tire à l'intérieur.

Il toise Moïse :

— Vous, pour l'instant, foutez le camp : vous êtes fatalement dans le coup, vous ne pouviez ignorer ce qui se passait dans votre service. Vous serez du voyage d'après.

Puis, il regarde Michel dans les yeux et, d'une voix calme qui ne rassure personne :

— Tu as voulu me tromper ! Tu m'as pris pour un idiot alors que j'avais une *relative* confiance en toi ! C'est tout à fait impardonnable.

— Vous faites mal à cet enfant.

— J'espère bien.

— Il n'a que dix ans.

— Il n'y a pas d'âge pour être juif.

Suivant le regard de Michel, Brunner observe Jean qu'il tient toujours par l'oreille à la manière d'une pince :

— Quoi ?... Qu'est-ce qu'il y a avec celui-ci : il te rappelle ton fils ? Tu as des enfants ?

— Je n'ai pas d'enfants.

— Et lui avait la scarlatine, hein ?

Tordant l'oreille, Brunner oblige Jean à s'agenouiller :

— Lèche ma botte, petit juif, allez, lèche la botte de ton maître.

Jean lèche la botte.

Michel fait un pas en avant, Brunner l'arrête du geste :

— Toi, Elberg, à ma façon, je vais t'aider à soigner tes malades ! Ils te seront redevables d'un traitement exceptionnel. Eux et tous les détenus.

Puis, à ses sous-fifres :

— Appel spécial, *schnell* ! Tout le monde ! Aucune exception !

Les ordres fusent. Sous les cris et les coups, tous les internés, certains chancelants, se retrouvent dans la cour, aussitôt saisis par le vent glacé de novembre.

Les S.S. amènent un « terroriste » de douze ans sur lequel on a trouvé un petit couteau.

Brunner le toise :

— Les couteaux sont interdits dans l'enceinte du camp. Tu le sais, petit yudd !

— Mais il ne coupe pas, monsieur.

Brunner saisit le couteau que lui tend un S.S. Il examine le fil de la lame.

Puis, d'un geste rapide et sûr, le patron de Drancy coupe aux trois quarts l'oreille du gamin en disant :

— Tel n'est pas mon avis.

L'appel dure des heures. Gardiens et S.S. se relaient par équipes, bien emmitouflés dans leurs longues capotes militaires qui les protègent du vent glacé.

Ceux qui tombent sont frappés à coups de pied : on vise le visage.

Certains, surtout parmi les rapatriés de Rothschild, maintiennent difficilement des pansements sanglants.

Il y aura plusieurs morts durant cet appel.

Quelques heures plus tard, Brunner réapparaît. Il s'approche de Michel qui se tient raide, regardant droit devant lui vers les barbelés du camp.

— Après-demain, vous partez en voyage avec vos petits protégés, docteur Elberg. Un long, très long voyage... Et je ne crois pas que nous nous reverrons un jour.

26

La dernière nuit est longue, très longue, interminable.

Malades et blessés ont été laissés sans aucun soin. Certains gémissent, d'autres pleurent. L'équipe médicale fait tout son possible mais Brunner a ordonné qu'aucun médicament ne soit distribué : ce sont des « sortants », c'est comme s'ils étaient déjà rayés des contrôles.

Lors de leurs rondes entre les paillasses où sont allongés des corps maigres et malades, les S.S. se laissent aller à leurs pires instincts, l'impunité leur étant garantie. Ils injurient et frappent sans même un prétexte.

On enregistre plusieurs décès cette nuit-là. Les accompagnateurs portent les corps dans un coin du baraquement.

Le petit Jean assiste à tout cela sans que Paula et Michel ne parviennent à le calmer. Ils sont eux-mêmes dans un état d'épuisement total et leur moral est au plus bas: la dépression attaque comme un acide la formidable combativité qui les animait jusqu'alors.

L'odeur des corps, de l'urine et des excréments participe à cette atmosphère de fin du monde. Quelques détenus entonnent *Le chant des marais* mais ils sont aussitôt matraqués par les gardiens.

Au petit jour, les S.S. ouvrent les portes du baraquement et font monter à coups de gourdin les survivants dans les camions qui vont les emmener Gare de Paris/Bobigny [1].

Arrivés à la gare, S.S. et gendarmes français font une haie qui va des autobus au quai. Les déportés sont injuriés, frappés et poussés vers des wagons de marchandises.

Les S.S. retiennent à peine leurs chiens qui mordent ces pauvres gens.

---

1. Du 18 juin 43 au 17 août 44, dix-neuf longs convois de déportés de Drancy vers Auschwitz partiront de Paris/Bobigny (mais il y aura des départs depuis d'autres gares...).

Il faut monter dans les wagons. Il n'y a aucune supplication, aucune plainte, qui ne soit réprimée par les coups. Parmi les prisonniers, Michel et Paula tiennent le petit Jean par la main.

Jean n'a plus le teint rose qu'il avait à l'hôpital Rothschild. Il marche comme un automate, plus porté qu'accompagné. Tout à coup, il se met à hurler et tente de s'échapper. Les S.S. arment leurs fusils. Paula court, attrape le petit dans ses bras et le jette dans le wagon.

La garde S.S. n'apprécie pas que l'on rompe les rangs.

Paula crie :

— Jean, ne sors pas de là !

Un S.S. tire une rafale. Paula s'écroule.

— Non ! Non ! Paula ! Paula !...

Paula est laissée à même le sol. On pousse Michel et d'autres dans le wagon où se trouve déjà le petit Jean. On ferme les portes à l'aide de barres transversales. À l'intérieur du wagon, c'est la panique, l'affolement, l'horreur... Un homme urine dans un seau contenant l'eau potable, un autre frappe sur la porte pour expliquer la chose à un gardien.

— Tu n'as qu'à boire ta pisse, c'est assez bon pour des youpins !

Certains chantent *La Marseillaise,* d'autres veulent que l'on se taise par peur des représailles. On en vient aux mains et des bagarres éclatent entre les déportés. D'autres griffonnent à la hâte des mots destinés à leurs familles et les jettent par l'ouverture du wagon, simple petit carré fermé par des barreaux métalliques. Des ouvriers français, qui travaillent sur les voies, ramassent ces papiers.

Puis, il y a un coup de sifflet. Le train s'ébranle et commence à rouler lentement. La gare s'éloigne. Michel essaye de calmer le petit Jean. Miraculeusement, il a dans sa poche un peu de pain mais Jean ne peut rien avaler. Il pleure, il sanglote, il appelle Paula, sa maman, il est paniqué. Michel le prend dans ses bras. Épuisé, Jean semble sommeiller quelques instants. Le train roule, roule, et roule encore. La nuit tombe vite fin novembre. Malgré la saison, il fait une chaleur épouvantable dans le wagon. Les déportés sont serrés, comprimés. Certains même se blessent en se cognant les uns sur les autres quand le train prend un virage. Il y a aussi une odeur épouvantable de sueur et d'excréments. Certains sont morts debout, on essaye de s'éloigner d'un cadavre et de le pousser vers un coin du wagon.

On entend les S.S. s'empiffrer dans le wagon d'à côté.

Le train s'arrête puis repart. Michel se rapproche de l'ouverture, sa carrure et sa force le lui permettent encore. Il essaye de voir... Il y a de la neige par terre... On est dans une forêt... Il y a des sapins... Michel a repéré un autre costaud à côté de lui. À deux, ils essayent de tester la solidité de l'un des quatre barreaux qui ferment la petite ouverture carrée du wagon. Petit à petit, ils arrivent à tordre un barreau rouillé qui finit par se casser. Ils s'en servent comme d'un levier et parviennent ainsi à ôter les trois autres barreaux. Certains prisonniers hurlent, ils ne veulent pas de cette action qui risque de les faire torturer par leurs bourreaux. Mais Michel et son acolyte ne voient qu'une chose : ce qui est encore possible maintenant ou jamais, comme une chance ultime avant la fin programmée.

L'instant est venu de se sauver.

Le complice de Michel saute le premier. Michel, quant à lui, cherche Jean qui est maintenant à l'autre bout du wagon. Les mouvements sont contradictoires, certains veulent fuir dans le plus grand désordre, d'autres veulent rester, les corps se poussent et s'entrechoquent. Il y a la panique et la folie avec, au milieu, le cri désespéré du petit Jean.

— Michel ! Michel ! Viens ! S'il te plaît, allez, viens !

Michel essaye de récupérer Jean mais, malgré toute la force qu'il déploie pour qu'on ne le sépare pas de « son » enfant, des corps font barrage...

Michel tombe sur le sol tandis qu'il entend un autre type sauter par la fenêtre. Il y a des cris, des coups de feu... Le wagon oscille et le convoi reprend sa sinistre route.

Michel et le petit Jean sont dans l'obscurité. Au milieu de cette grappe humaine, ils vont poursuivre leur chemin vers la destruction. Il y a les cris, les chants, la souffrance... Et la mort.

Le convoi n° 62 du 20 novembre 1943 roule vers Auschwitz. Il emporte exactement 1 200 déportés. En 1945, il n'y aura que 29 survivants, dont 2 femmes.

« 2,6 % », auraient dit les nazis...

Épilogue

C'est l'été. La guerre vient se s'achever. Jean-François et Annie habitent à Paris, chez leurs grands-parents, boulevard Malesherbes. Jean-François a sept ans. Il a un peu d'embonpoint : après ces années de privations, il a décidé de ne jamais refuser un gâteau.

Un jour, en rentrant de l'école, les deux enfants trouvent un étranger assis dans le salon. Il est voûté, ses dents ont été cassées à la racine, il mange très lentement les biscuits qu'on lui offre. L'homme dit que le petit ne ressemble pas à son père, mais qu'Annie, c'est incroyable ! C'est le portrait de Michel !

Puis l'homme se lève, s'approche. Il a du mal à marcher.

— Vous savez, les enfants, votre père va revenir. Il m'a donné votre adresse pour que je vous prévienne, il ne savait pas ce que vous étiez devenus... Il m'a souvent parlé de vous...

Les enfants le regardent avec de grands yeux. Ils sont abasourdis.

— Il va revenir les enfants, c'est bien, non? Vous allez revoir papa...

Les deux petits filent dans leurs chambres, tout excités!

Un peu plus tard, l'homme trop maigre vient leur dire au revoir.

Ils imaginent toutes sortes de retrouvailles, des cadeaux... De cinq ans l'aînée, Annie a des souvenirs très précis de son père qu'elle n'a cessé d'adorer. Jean-François, trop jeune au moment de la séparation, n'en trouve aucun... Aucun...

Michel Elberg, mon père, n'est jamais revenu.

Achevé d'imprimer par N.I.I.A.G. en octobre 2006 pour le compte de France Loisirs, Pa
N° d'éditeur : 46912 Dépôt légal : novembre 2006 Imprimé en Italie